국수

국수

초판 1쇄 발행 • 2014년 1월 3일
개정판 1쇄 발행 • 2022년 1월 21일

지은이 / 김숨
펴낸이 / 강일우
책임편집 / 박지영
조판 / 박아경
펴낸곳 / (주)창비
등록 / 1986년 8월 5일 제85호
주소 / 10881 경기도 파주시 회동길 184
전화 / 031-955-3333
팩시밀리 / 영업 031-955-3399 · 편집 031-955-3400
홈페이지 / www.changbi.com
전자우편 / lit@changbi.com

ⓒ 김숨 2014, 2022
ISBN 978-89-364-3870-8 03810

국
수

김 숨 소 설 집

창비

차 례

그 밤의
경숙

경숙이 퀵 오토바이를 본 것은 역신 사거리에서였다. 그녀는 남편이 운전하는 차 조수석에 타고 있었다. 좌회전 신호를 기다리는 차 안에는 아이들도 타고 있었다. 실내등을 밝히지 않아 그녀와 아이들은 먹지 위에 눌러쓴 글씨처럼 흐릿했다. 퀵 오토바이는 그녀 가족이 탄 차와 영업용택시 틈바구니에 서 있었다. 직진 신호로 바뀐 걸 뒤늦게 깨닫고 남편이 급정거했을 때만 해도 보이지 않던 퀵 오토바이는 영업용택시보다 그들 차에 더 바짝 붙어 있었다. 검은색 점퍼와 바지, 장화, 헬멧으로 중무장한 퀵 기사는 한쪽 다리를 아스팔트 바닥에 기둥처럼 내려딛고 있었다. 심지어 양손에 착용한 장갑까지 검은색이어서 거대한 바퀴벌레가 서 있는 것 같았다. 차가 유난히 띄엄띄엄 지나가서인지 그녀는 신호가 지루하도록 길게 느껴졌다. 보행자 신호가 켜진 횡단보도로 한 사람도 지나가지 않았다. 횡단보도의 흰 선들이 피아노의 결코 울리지 않는 흰 건반 같다고 느끼며 그녀는 신호등에 떠오르는 푸르다 못해 창백한 숫자를 카운트하듯 따라 읽었다. 육, 오, 사…… 무심히 중얼거리던 그녀는 시간이 이제 거의 남지 않았다는 불안감에 사로잡혔다. 숫자 일이 영으로, 네모에 가까운 구멍으로 바뀌는 순간 그녀는 들이쉬던 숨을 흡 하고 멈췄다. 도대체 무슨 시간이 남지 않은 것인지 그녀는 생각해내려 했지만 떠오르지 않았다. 어쩌면 그 모든 시간이 남지 않았는지도 모르겠다는 생각만 막연히 들었다.

역신 사거리에서 좌회전한 뒤 오백 미터쯤 직진하다 우회전, 그곳에서 다시 삼백 미터쯤 직진하다 좌회전, 곧장 우회전한 뒤 오십 미터 직진하다 유턴. 십분 남짓이면 충분한, 멀지 않은 그곳에 그녀 가족이 사는 아파트가 있었다.

신호가 바뀌기를 초조히 기다리던 남편이 흘끗 쳐다봤지만 그녀는 퀵 기사를 보느라 의식하지 못했다. 남편이 껌 씹는 소리가 차 안에 떠돌았다. 어금니를 꾹꾹 누르듯 씹어서 껌이 아니라 혀를 씹는 것 같았다.

"그만 뱉지그래?"

그녀는 손가락을 남편의 입속에 억지로 집어넣어 껌을

빼내고 싶은 충동마저 들었다.

"뱉으라니까."

그 순간 퀵 기사가 그녀를 향해 홱 고개를 돌렸다. 당황한 그녀는 사거리 너머 상가 건물로 황급히 눈길을 주었다. 일요일인데다 밤 열시가 지나 거리는 한밤중처럼 한산하고 쓸쓸했다. 1층 죽 전문점 간판과 2층 치과와 비뇨기과 간판은 꺼져 있었다. 3층 디지털고시원 창문들에는 안대를 한 듯 짙고 어두운 색지가 발라져 있었다. 색지를 벗기면 의뭉스럽도록 흐릿하고 초점이 풀어진 눈동자들이 창유리에 달라붙어 있을 것만 같았다. 4층 미용기술학원 창가에 줄지어 놓여 있는 희끄무레한 형상들에 그녀의 눈길이 갔다. 어렴풋한 형상들의 정체를 그녀는 단번에 알아차렸다. 그것들은 민두 마네킹이었다. 그녀는 결혼 전 두어달 미용기술학원에 다녔다. 하루 네다섯시간씩 민두 마네킹에 싸구려 연습용 가발을 덮어씌우고 커트 연습을 했다. 학원을 떠나던 날 자신이 창가에 놓아둔 민두 마네킹이 떠오르며 그녀는 그 민두 마네킹이 저 중에 있을 것 같은 기분이 들었다. 눈구멍만 있고 눈동자가 없던 민두 마네킹은 입술이 도드라지게 새빨갰다.

상가 건물 모퉁이 커튼 가게로 그녀의 눈길이 끌린 것은 또다른 횡단보도 신호등이 보행자 신호로 막 바꼈을 때였다. 사거리에는 횡단보도가 네군데나 설치돼 있었다. 그 횡단보도로도 사람 한명 지나가지 않았다. 귤색 조명등 불빛이 은은하게 퍼진 커튼 가게 안에는 보라색 커튼이 전시돼 있었다. 벽지처럼 미동조차 없었지만 그녀는 어느 순간 막이 내리듯 커튼이 드리워질 것 같았다.

"커튼도 바꿔야 하는데……"

커튼이 가늘게 떨리는 것이 그녀에게 느껴지는 동시에 신호등 좌회전 신호에 불이 들어왔다. 택시가 재빠르게 그들 차를 앞질러 튕겨나갔다. 뒤미처 튕겨나간 퀵 오토바이가 택시와의 충돌을 피한다는 게 그만 그들 차로 돌진했다. 돌발 상황에 놀란 남편이 핸들을 왼쪽으로 황급히 꺾으며 급브레이크를 밟았다. 남편이 주먹으로 클랙슨을 갈기더니 조수석 차창을 내리고 퀵 기사에게 욕설을 퍼부었다. 퀵 기사가 욕설로 맞대응을 해왔다. 그들 차와 퀵 오토바이를 한순간 위기로 몰고 간 택시는 이미 도로에 잿더미처럼 내려앉은 어둠 속으로 사라지고 없었다. 그녀가 말릴 새도 없이 남편이 운전석 문을 박차고 차에서 튀어나갔다.

남편이 욕설을 퍼붓는 소리가 차 안 그녀에게 들려왔다. 고개를 흔들던 그녀는 안전벨트를 풀고 차에서 내렸다. 퀵 오토바이 전조등이 내쏘는 주황색 불빛 속에서 남편과 퀵 기사가 당장 주먹다툼을 벌일 듯 맞서 있었다.

그녀는 남편에게 다가갔다.

"여보, 애들…… 애들이 보고 있잖아."

남편은 그러나 그녀 말을 들으려 하지 않았다. 사거리를 통과하는 승합차의 전조등 불빛에 남편과 퀵 기사, 그녀가 발각되듯 드러났다.

"여보!"

그녀는 아이들이 타고 있는 자신들의 차를 초조한 눈빛으로 쳐다봤다. 차는 2차선과 3차선 사이에 아슬아슬하게 서 있었고 운전석 문이 활짝 열려 있었다. 얼마나 다급했는지 남편은 비상등조차 켜지 않았다. 그녀는 남편 팔을 잡아끌다 말고 차로 갔다. 운전석으로 쑥 몸을 밀어넣고 비상등을 켰다. 다시 남편 쪽으로 다가가는 그녀의 귀에 비상등이 깜박이는 소리가 희미하지만 강박적으로 울렸다.

어디선가 웅얼웅얼 주파수가 맞지 않는 라디오에서 흘러나오는 듯한 불분명하고 불안정한 목소리가 들려왔다. 그녀가 주위를 둘러봤지만 도로 위에는 남편과 퀵 기사, 그녀 자신뿐이었다. 좌석버스가 경적을 울리며 빠른 속도로 사거리를 지나갔다. 웅얼웅얼하는 목소리는 퀵 기사의 몸 어딘가에서 들려오고 있었다. 아무래도 무전기에서 흘러나오는 소리 같았다. 남편과 퀵 기사가 서로를 향해 내지르는 욕설과 뒤섞여 떠도는, 환청처럼 초현실적이기만 한 그 목소리는 다급하게 퀵 기사를 찾는 것 같았다.

"여보, 제발!"

팔꿈치를 움켜잡는 그녀의 손을 남편이 거칠게 뿌리쳤다. 휘청 흔들리는 와중에도 그녀는 매달리듯 남편의 팔꿈치를 더 꽉 움켜잡았다. 남편을 퀵 기사가 아닌 자신 쪽으로, 아이들이 타고 있는 차 쪽으로 잡아끌기 위해 그녀는 손가락에 힘을 줬다. 마지못한 듯 돌아서는 남편의 머리에 대고 퀵 기사가 거친 상욕을 퍼부었다.

"당신이 참아."

어떻게든 말리려는 자신의 손을 기어이 뿌리친 남편이 퀵 기사에게 달려들었고, 그들은 누가 먼저랄 것 없이 서로의 멱살을 틀어쥐었다. 헬멧을 쓴데다 우주복처럼 두툼한 점퍼로 무장한 기사는 남편보다 어깨 하나는 더 커 보였다. 그녀는 흔들리는 눈동자로 그를 쏘아보곤 남편의 점퍼 소맷자락을 잡아끌었다.

"당신이 참으라니까!"

"내가 왜 참아야 하는데!"

흥분한 남편이 주먹으로 그녀를 밀쳤다. 그녀는 도움을 구하려 주위를 둘러봤다. 제자리걸음을 하듯 느리게 횡단보도를 건너는 남자가 그녀 눈에 들어왔다. 아까 보행 신호에 불이 들어왔을 때 단 한 사람도 건너지 않던, 텅 비어 있던 횡단보도였다. 간절히 쳐다보는 그녀를 끝내 외면하고 남자는 횡단보도를 유유히 건너 면으로, 선으로, 끝내는 점으로 사라졌다. 도움을 요청할 만한 다른 사람을 찾던 그녀의 눈길이 저절로 커튼 가게로 향했다.

"여보, 당신이……" 그녀는 커튼 가게에서 눈길을 거두지 못하고 애원했다.

"내가 왜? 왜 참아야 하지!" 남편이 목에 핏대가 서도록 소리 질렀다.

"아이들이 보고 있잖아……"

그녀는 창백하고 메마른 손을 들어 차를 가리켰다.

"아저씨, 제발 좀 그만 가세요."

그녀는 퀵 기사에게 사정했다. 그가 그녀에게 무슨 말인가 했지만 무전기에서 흘러나오는 목소리 때문에 알아들을 수 없었다. 그의 몸 어딘가에 탈장된 내장기관처럼 매달려 있을 무전기에서 흘러나오는 목소리, 불분명하고 억눌린 듯한 목소리는 하나가 아니라 여러개였다. 적어도 세개 이상인 목소리들이 앞뒤 없이 어수선히 뒤섞여 마치 정신분열증에 시달리는 사람의 목소리처럼 흘러나오고 있었다.

"우리 좀 그냥 보내주세요."

퀵 기사가 항복하듯 장갑 낀 두 손을 들어올리더니 물러나듯 뒷걸음질 쳤다. 헬멧을 쓰고 있어서 얼굴을 볼 수 없지만 그녀는 그가 납 같은 이를 드러내고 득의만만한 표정을 짓고 있을 것 같았다.

"지금 누구한테 사정하는 거야?"

자존심이 상한 남편이 그녀에게 화를 냈다.

"여보, 제발!"

그녀가 울먹거리자 남편이 마지못해 돌아섰다. 등을 떠밀리듯 아이들이 기다리는 차로 발을 내딛다 말고 뒤돌아서더니 퀵 기사에게 달려들려는 남편의 팔을 그녀는 황급히 잡아끌었다.

"개새끼!"

남편이 아스팔트 바닥에 침을 뱉었다. 남편이 운전석에 올라탈 때까지 그의 뒤에 벽처럼 지키고 서 있던 그녀는 홀쩍 고개를 들어 커튼 가게에 짧고 강렬한 눈길을 주었다.

"커튼 뒤에 누가 있어······"

조수석에 올라타자마자 그녀는 나지막이 중얼거렸다.

"재수가 없으려니 별 같잖은 인간까지 인생에 끼어드는군."

"커튼 뒤에······"

"대체 누가 있다는 거야?"

그녀는 경련하는 입을 다물고 사이드미러를 살폈다. 퀵 기사의 모습이 보이지 않았다. 얼른 룸미러를 살폈지만 그것에도 그의 모습이 담겨오지 않았다. 그들 차에 그물처럼 드리워진 은행나무 그림자가 출렁 흔들렸다.

"어서 출발해!"

그녀는 손으로 남편의 점퍼 자락을 잡아당기며 재촉했다. 남편은 주먹으로 핸들을 한대 갈기고 나서야 차를 출발시키기 위해 가속페달을 밟았다. 바퀴가 공회전하는 소리가 신경질적으로 울리더니 고무 타는 냄새가 났다. 속도 계기판 바늘이 칠십까지 오르다 영으로 뚝 떨어졌다.

"기어를 안 바꿨잖아."

파킹에 있는 기어를 남편이 바꾸려는데 퀵 기사가 운전석 차창에 불쑥 나타났다. 그가 장갑을 껴 두배는 커 보이는 손으로 차창을 두드렸다.

"저 새끼가……"

운전석 문을 열고 뛰어나가려는 남편의 팔을 그녀는 두 손으로 매달리듯 잡았다.

퀵 기사가 차창을 부술 듯 두드렸다.

"개새끼……" 남편이 발로 가속페달을 밟았다 뗐다. 차가 덜컥 앞으로 밀렸다. 퀵 기사가 운전석 문짝을 붙들고 매달렸다. 차가 이 미터쯤 앞으로 밀리도록 문짝에 매달려 떨어지지 않더니 전조등 불빛을 받으며 차 앞을 가로막고 섰다.

"내가 나가서 얘기해볼게."

"저런 자식하고 무슨 얘기를 하겠다는 거야?"

"당신은 차에 있어……"

그녀는 애원하는 눈빛으로 남편을 바라봤다.

"별게 다 날 우습게 보는군."

남편이 핸들을 꽉 움켜쥐고 있던 손을 아래로 내려뜨렸다.

"여보, 제발……"

"다들 날 우습게 보니까 저런 미친 새끼까지 날 우습게 보는 거야!"

음영이 짙게 드리워진 남편 얼굴에 분노와 원망이 서렸다.

"누가 당신을 우습게 봤다고 그래?"

"인간이란 인간은 다!"

"여보, 제발…… 당신이 참아. 당신이 먼저 시비 걸었잖아."

"저 자식이 끼어드는 거 못 봐서 하는 소리야? 나보고 등신처럼 끼어들든 말든 구경만 하라는 거야?"

"그런 말이 아니잖아."

좌회전 신호로 바뀌기 무섭게 차선을 침범하면서 튕겨 나간 택시가 그녀는 뒤늦게야 원망스러웠다. 그 택시가 차선만 제대로 지켰어도, 그래서 자신들 차와 퀵 오토바이가 충돌할 뻔한 상황이 벌어지지만 않았어도, 남편과 퀵 기사가 밤길 한복판에서 시비 붙는 일은 벌어지지 않았을 것이다. 그 택시가 손님을 태운 택시였는지, 빈 택시였는지 그녀는 뒤늦게 궁금했지만 기억나지 않았다. 실내등을 꺼 어둡던 택시 뒷자리에 누군가 타고 있었던 것 같기도 했다.

"누가 타고 있었던 것도 같아……"

"무슨 말을 하는 거야!"

"누가……"

퀵 기사는 아예 팔짱까지 끼고 그들 차를 정면으로 가로막고 서 있었다. 신경이 바짝 곤두선 탓에 그녀는 차가 계속 달리고 있는 듯 멀미가 났다. 시비가 붙지만 않았어도 벌써 집에 도착해 따뜻한 물로 아이들을 씻기고 있을 것이었다. 일요일 밤이 아닌가. 그녀는 일요일 밤에는 다른 날 밤보다 일찍 아이들을 재웠다. 게다가 몇시간 남지 않은 내일은 재계약이 있는 날이었다. 그녀는 콜센터에서 상담원으로 근무했는데 월요일은 고객 불만 전화가 가장 많이 걸려왔다. 일분도 쉴 틈 없이 전화기에 불이 들어와서 전화에 붙들려 있다 퇴근해 집에 돌아오면 실어증에 걸린 듯 목소리가 나오지 않았다.

"아무튼 당신은 차에 있어."

그녀는 흔들리는 눈동자에 애원하는 눈빛을 간신히 담아 남편을 쳐다본 뒤 차에서 내렸다. 커튼 가게에 짧게 눈길을 주었다, 차 앞으로 걸어나갔다. 차 앞유리를 등지고 서서 퀵 기사를 바라봤다. 서너발짝 거리에 버티고 서 있는 그가 아주 멀리 서 있는 듯해 그녀는 자신도 모르게 고개를 쳐들었다. 전조등 불빛에 그녀의 원피스 속 맨허벅지가 적나라하게 드러났다. 그녀는 계절감이 지난 리넨 소재의 원피스에 카디건을 걸치고 있었다. 아마도 퀵 기사의 허리춤에 달렸을 무전기에서 여전히 웅얼웅얼 목소리들이 흘러나왔다. 뒤섞여 혼란스럽게 울리는 목소리들이 그녀는 어쩐지 퀵 기사가 아닌 자신을 찾는 목소리들만 같았다. 그러니까 콜센터 그녀의 전용 전화기에서 흘러나오는 목소리들만. 신원을 밝히지 않은 익명의 흥분한 목소리들이 그녀가 미처 응답할 새 없이 떠들고 있는 것 같았다.

"당신을 찾잖아요."

그는 그러나 들은 척도 하지 않았다.

"받아봐요!"

그때 창백한 푸른빛이 그녀의 뒤에서 부챗살처럼 퍼졌다. 순간 그녀는 자신이라는 존재가 도로 위에서 흔적도 없이 증발해버리는 착각에 휩싸였다. 그녀는 어깨를 떨며 뒤를 돌아다봤다. 남편이 전조등을 상향으로 점등한 것이 틀림없었다. 빛이 눈동자를 후벼파듯 눈부셔서 그녀는 차 안 남편과 아이들을 볼 수 없었다. 그녀가 거듭 손짓을 했지만 남편은 하향으로 바꾸려 하지 않았다. 무전기에서 흘러나오는 목소리들 중 하나가 도드라져 들려왔다. 비음인 여자 목소리는 신흥동, 신흥동을 연발했다. 신흥동 삼분…… 삼분……

"어서 받아요!"

그녀는 퀵 기사를 쏘아보고 주춤 뒷걸음질 쳤다. 더듬더듬 조수석 문손잡이를 잡고 힘껏 잡아당겼다.

"저 자식이 뭐래?"

조수석에 오른 그녀가 미처 차 문을 닫기 전에 남편이 물었다.

"나보고…… 나보고 글쎄 두시까지 유원호텔 302호로 오라지 뭐야."

그녀는 눈가가 당기도록 두 눈동자를 커튼 가게로 향하고 중얼거렸다.

"뭐?"

"목요일이었나…… 출근하자마자 콜이 들어와 받았더니 어떤 미친놈이……"

"무슨 소리를 하는 거야."

남편이 윽박질렀다.

"목요일이 아니라…… 수요일이었어, 수요일……"

지난 수요일, 그녀는 콜을 백스물한통이나 받았다. 억양과 톤과 음색과 빠르기가 제각각인 목소리들이 뒤섞여 환청처럼 울리는 두 귀를 파마기 풀린 머리카락으로 가려 덮고 집에 돌아왔다. 그녀가 현관문을 따고 들어섰을 때 큰애는 텔레비전 앞에 곰인형처럼 앉아 냉동 핫도그를 먹고 있었다. 그녀는 옷 갈아입을 새도 없이 청소기를 돌리고, 지린내가 풍기는 좌변기를 대충 닦고, 아침에 널지 못한 세탁기 속 빨래를 널었다. 쌀을 씻어 밥솥에 안치고, 어묵탕을 끓이려 바람 든 무를 썰던 그녀는 집에 작은애가 없다는 걸 깨달았다. 그녀는 늘 퇴근길에 어린이집에 들러 작은애를 데려왔다. 작은애가 다니는 어린이집은 그녀가 사는 아파트에서 버스로 세 정거장 거리에 있었다. 퇴근했으면 어린이집에 들러달라고 부탁하려 했지만 남편은 휴대전화를 받지 않았다. 남편은 부쩍 휴대전화를 받지 않을 때가 많았다. 그녀는 하는 수 없이 어묵탕을 올려놓은 가스레인지 불을 최대한 약하게 조절하고 작은애를 데리러 갔다. 퇴근시간이라 도로는 차들로 막혔다. 평소 기본요금이면 충분한 택시비가 오천원 넘게 나왔다. 그녀가 겨우 작은애를 데리고 지쳐 집에 돌아왔을 때, 남편은 식탁에서 혼자 소주를 마시고 있었다. 국물이 졸아 지린내를 풍기는 어묵탕 냄새가 집 안에 진동했다. 큰애는 여전히 텔레비전 앞에 앉아 몇개째인지 모르는 핫도그를 먹고 있었다. 그녀는 작은애 손을 잡아끌고 식탁으로 갔다. 작은애를 불끈 들어 식탁 빈 의자에 앉히고 가스레인지 불을 껐다. 싱크대 위 퀴퀴한 냄새를 풍기는 행주를 집어들었다. 냉장고 옆 쓰레기통 뚜껑을 열고 그 속에 행주를 던졌다.

"미친놈에게 걸려온 전화 때문에 짜증나 있는데 3번 그 계집애가 팔짱을 끼고 나를 빤히 쳐다보고 서 있는 거야. 나보다 열살이나 어린 게 싸가지 없게 말이야."

그녀는 고작 마흔두살이었지만 콜센터 상담원 중 나이가 가장 많았다. 상담원들 대개는 이십대였고 미혼이었다.

"저 자식이 뭐라고 했냐구!"

"끊고 나서야 3번 전화라는 걸 알았어. 5번…… 5번 전화인 줄 알았는데 3번 전화를 받았지 뭐야. 내 콜 전화는 5번…… 1번부터 120번까지 있는데 어쩌다 5번이 됐을까…… 5번이나 3번이나…… 5번이나 6번이나……"

핏발이 서기 시작한 그녀의 두 눈동자가 또다시 커튼 가게로 향했다. 앞에서 달려오던 승용차가 그들 차에 대고 클랙슨을 절규하듯 울리고 지나갔다. 그녀는 이마를 덮어오는 머리카락을 손으로 쓸어올렸다. 5번…… 하고 중얼거리다 목을 비틀어 뒤를 돌아다봤다.

"엄마가 6번이 아니라 5번이라고 알려주지 않았니?" 그녀는 말끝에 날 선 한숨을 토했다.

"도대체 무슨 말을 하는 거야." 남편이 질렸다는 듯 고개를 내둘렀다.

"그래…… 전화하면 안 돼. 너희가 아무리 전화해도 엄마하고 통화할 수 없다고 말했잖아. 엄마는 다른 사람들 전화를 받아야 하거든. 다른 사람들이 하도 전화를 해대서 엄마는 너희들 전화를 받을 수 없단다."

두달 전 그녀는 겨우 초등학교 2학년인 큰애에게 휴대전화를 사줬다. 방과 후 두군데의 학원에 들렀다 집에 돌아온 그애를 돌봐줄 사람이 없어서 휴대전화라도 들려줘야 마음이 놓일 것 같았다. 큰애를 생각하면 그녀는 오래전에 잃어버린 아이라도 되는 듯 막막하고 조마조마한 심정이 되곤 했다. 그녀는 태어난 지 두달도 안 된 큰애를 친정어머니에게 맡기고 직장에 다녔다. 친정어머니가 돌아가신 뒤로는 어린이집 종일반에 보냈다. 그런 탓에 그녀는 그애가 첫걸음을 떼는 순간을, 말을 시작하는 순간을 함께하지 못했다. 집에서 혼자 잘 지내고 있는지 챙기려고 휴대전화를 사줬지만 그녀는 정작 고객들 콜에 응답하느라 전화 걸 짬이 없었다. 그런데 개통 첫 달 통화요금이 십만원 넘게 나왔다. 통화기록을 떼어봤더니 그녀가 다니는 콜센터 전화번호가 수없이 찍혀 있었다.

"그래, 다른 사람들…… 너희가 모르는…… 엄마도 모르고 아빠도 모르는…… 사람들…… 전화를 어찌나 해대는지……"

그때까지 상향등 불빛 속에 버티고 서 있던 퀵 기사가 차로 성큼성큼 다가왔다. 차창들이 꼭 닫혀 있어서 차 안까지 들리지는 않았지만 그녀는 무전기에서 여전히 목소리들이 흘러나오고 있고 그 소리가 자신에게 들리는 듯했다. 더 늘어난 목소리들이 정신없이, 책의 다른 페이지를 읽듯 저마다 떠들고 있는 것만 같았다. 그리고 그중 어느 목소리는 5번, 그녀의 전화기에서 흘러나오는 목소리일 것만 같았다.

"월급이 얼마나 된다고 일주일마다 꼬박꼬박 돈 내고 손톱 손질을 받는다니까. 군대 다녀온 남동생까지 놀아서 집에서 돈 버는 사람은 저 혼자라고 투덜투덜하면서. 9번 그 계집애 말이야…… 그 계집애 이름이 희경이던가, 희정이던가…… 희정은 22번…… 48번도 희정인데…… 희정이 셋……"

퀵 기사가 범퍼 바로 앞까지 다가왔다. 상향등 불빛을 벗어난 그가 헬멧을 벗어젖히고 침을 뱉은 것은 순식간이었다. 앞유리를 타고 침이 흘러내렸다. 헬멧을 벗는 순간 그녀는 그가 머리를 통째로 잡아 뽑는 줄 알았다. 턱이 쳐들리도록 헬멧을 위로 한껏 당겨 벗었던 것이다.

그녀는 몹시 천천히 죽은 잉어가 떠오르듯 오른손을 들어올려 자신의 뺨을 쓰다듬었다. 앞유리가 아닌 자신의 얼굴에서 침이 흘러내리는 듯 더럽고 찝찝했다. 어루만지듯 뺨을 쓸던 손가락에 힘이 들어가더니 된 밀가루 반죽을 이기듯 뺨을 뭉갰다. 핏기 없는 그녀의 얼굴이 일그러지며 오른쪽 눈동자가 눈두덩 속에 묻혔다. 그녀는 왼쪽 눈동자만으로 차 앞유리 너머 퀵 기사의 얼굴을 뚫어져라 바라봤다. 남편과 비슷할 줄 알았는데 뜻밖에 늙은 남자였다. 자신의 아버지를 떠올리게 할 만큼 늙은 남자여서 그녀는 탄식을 토했다.

"저 자식이 뭐라고 했느냐니까."

시동이 걸려 있다는 걸 깜박한 남편이 키를 만지작거렸다. 한순간 시동이 꺼지고 상향등이 나갔다.

남편이 다급히 키를 돌렸다. 그녀가 홱 고개를 돌렸다.

"엄마는 5번…… 5번이라고 몇번이나 말해야 알겠니?"

차가 급발진하는 바람에 그녀의 머리가 차창에 부딪쳤다. 나뭇가지 부러지는 소리가 들리는가 싶더니 퀵 기사가 온데간데없이 사라졌다. 그녀는 황급히 사이드미러를 쳐다봤다. 오토바이도, 퀵 기사도 보이지 않았다.

"여보……"

우회전을 해야 하는 지점을 그들의 차는 그냥 지나쳤다. 집으로 가는 뻔하고 당연한 경로를 벗어난 사실을 깨닫지 못한 듯 남편은 속도를 높였다.

*

"설마 친 건 아니겠지……?"

그녀의 목소리는 거의 비명에 가까웠다.

"그러게 나는 집에 있을 테니 혼자 애들 데리고 다녀오라고 했잖아!"

"혼자 어떻게……"

그녀는 말을 흐리고 앞을 응시했다. 앞유리에 얼룩처럼 들러붙은 침을 바라봤다. 그녀의 오른손이 의식 못하는 새 또다시 뺨을 어루만지고 있었다.

그녀 가족은 집들이에 다녀오는 길이었다. 새 아파트를 분양받아 이사한 둘째언니네 집들이였다. 한달도 더 전에 그녀는 집들이에 초대받았다. 나흘 뒤인 아버지 생신을 겸한 가족모임이기도 했다. 어머니가 돌아가신 뒤로 처음 그녀의 온 형제가 둘째언니의 새 아파트에 모였다. 남편은 그냥 집에 있고 싶어했다. 그녀 혼자 아이들을 데리고 다녀오기를 바랐다. 아버지만 아니었어도 그녀는 그렇게 했을 것이다. 집을 나서기 전부터 짜증을 부리는 남편과 함께 가느니 차라리 혼자 두 아이를 데리고 다녀왔을 것이다. 그녀의 아버지는 요양원에 가 있었다. 자식이 넷이나 됐지만 칫솔질조차 잊어버린 아버지를 아무도 모시고 싶어하지 않았다. 다섯달 만에 요양원이 아닌 둘째언니네서 만난 아버지는 온 관절이 대못 대가리처럼 불거지도록 살이 내려 있었다.

"배가 더 나왔더군."

둘째형부를 두고 하는 소리라는 걸 알면서 그녀는 모르는 척했다.

새 가죽소파 위에 박제 새처럼 꼼짝 않고 앉아 있던 아버지의 모습이 그녀의 머릿속에 떠올랐다. 아버지가 텅 비어 보일 만큼 표정이 지워진 얼굴로 내려다보는 거실에서 자식 손자들은 LA갈비를 뜯고, 시뻘건 아귀찜과 잡채를 정신없이 집어 먹었다. 친자매의 집들이에 달랑 세제 세트를 사들고 가 민망하던 그녀는 LA갈비를 뜯는 둥 마는 둥 하고 주방에 딸린 베란다로 나가 바람을 쐤다. 23층 아래를 내려다보던 그녀는 뛰어내리고 싶은 충동에 사로잡혀 베란다 창틀 너머로 상체를 내밀기까지 했다. 간신히 충동을 억누르고 돌아섰을 때 작은애가 겁먹은 눈으로 그녀를 바라보고 있었다.

"내가 몇번이나 찾아갔는지 알아?"

"또 그 얘기야?"

"어떻게 내가 찾아갈 때마다 자리에 없을 수 있는지…… 자리에 버젓이 있으면서 외근 중이라고 둘러댄 거겠지."

"형부가 설마 그러기까지 했겠어?"

남편은 자동차 세일즈맨이었다. 새로 출시한 차 카탈로그를 들고 서너번 둘째형부가 근무하는 회사를 찾아갔다 허탕만 치고 돌아온 뒤로 번번이 그에 대한 서운하다 못해 적의에 찬 감정을 드러냈다. 당분간 차를 바꿀 계획이 없다던 둘째형부가 두어달 뒤 버젓이 새 차를 뽑은 사실을 알고 나선 더 적나라하게 그를 비웃고 비난했다.

"하여간 세상에 내 편은 한명도 없다니까!"

남편의 분노 어린 투덜거림을 무시하고 차창 밖 어둠

과 그 속을 부유하는 불빛들을 바라보던 그녀가 잠에서 막 깨어난 것 같은 목소리로 중얼거렸다.

"여기가 어디지……?"

신도시 구석구석이 대개 그렇듯 아파트와 오피스텔, 모텔, 주상복합 건물이 뒤섞여 떠도는 풍경이 지나갔다. 그녀 가족이 살고 있는 아파트 단지 주변과 판박이인, 그래서 조금도 낯설 것 없는 그곳이 어디쯤인지 그녀는 전혀 가늠이 안 됐다. 대충 좌회전이나 우회전을 해 들어가면 살고 있는 아파트 단지일 것 같았다. 집으로 가는 경로를 벗어났음을 알고도 남편은 유턴 지점을 시속 구십 킬로미터로 지나쳤다.

"돌아가야 해……"

그녀는 희미하게 중얼거리며 차창에 떠오른 자신의 얼굴을 응시했다. 저 여자가 누구더라? 54번? 60번? 아니면 99번, 100번……

한달 전쯤 그녀 혼자 아이들을 데리고 대형마트에 장을 보러 간 적이 있었다. 물건처럼 카트에 태운 아이들에게 시식용 튀김만두를 먹이고 있는데 쌍꺼풀 수술을 한 눈이 유독 도드라져 보이는 여자가 알은체를 해왔다. 여자가 아이들을 쓰다듬으려 해서 그녀는 성급히 카트를 밀며 만두 코너를 벗어났다. 나중에야 그녀는 그 여자가 자신과 같은 콜센터 상담원임을 알았다. 16번 창구에 그 여자가 앉아 있었던 것이다. 민두 마네킹처럼 입술을 새빨갛게 칠하고서. 며칠 뒤 그녀가 미안했다는 말을 하기 위해 16번 창구를 찾았을 때 그곳에는 다른 여자가 앉아 있었다.

"그 여자는 어디로 갔을까?"

"그 여자?"

남편이 물었다.

"16번…… 그 여자 말이야……"

그녀는 머리카락을 쓸어넘기던 손을 차창으로 가져갔다. 손끝에 차창이 닿는 순간 감전된 듯 어깨를 떨었다. 오그라드는 손가락을 억지로 펴고 차창에 떠오른 얼굴을 쓰다듬었다. 얼굴에서 그녀는 눈을 뗄 수 없었고 어느 순간 두 여자의 얼굴, 차창에 떠오른 얼굴과 자신의 얼굴이 차갑고 미끄러운 유리 위에서 하나로 겹쳐지는 착시에 휩싸였다. 정면으로 부딪친 두개의 돌처럼 마찰을 일으키던 두 얼굴이 서로서로 집어삼키듯 합쳐져 한 덩어리가 되고 머리카락들이 다투듯 일어 뒤엉키는……

"여보, 돌아가야……"

"자꾸 어디로 돌아가라는 거야?"

남편이 곁눈으로 그녀를 쏘아봤다.

"집에…… 집에 가야 할 거 아니야."

그녀는 쇠붙이에 들러붙은 자석을 떼듯 힘겹게 차창에서 고개를 돌렸다.

"집?"

"열한시가 넘었어. 애들 재울 시간이 벌써 지났단 말이야."

"어떤 집?"

"우리 집 말이야."

"우리 집?" 남편이 입을 구겼다.

"우리 집……"

"우리 집이 어디 있는데?"

"우리 집…… 201동 1905호……"

"누가 그래?"

"누가……?"

"어떤 미친 자식이 그게 우리 집이래?"

은행에서 대출을 받아 신도시에 장만한 아파트 시세가 일년 새 수천만원 떨어진 뒤로 남편은 집 얘기만 나오면 극도로 예민해졌다. 이자만 겨우 갚아나가는 형편이어서 원금 갚는 건 꿈도 못 꾸는 게 그들 부부의 현실이었다.

"그 집이 우리 집이 아니면 누구 집이겠어? 어쨌든 당신하고 나하고 우리 아이들이 살고 있는 우리……"

"우리 집 좋아하네."

남편이 그렇게 집을 비웃을 때마다 그녀는 쉬어버린 국을 개수대에 쏟아버리는 기분이 들었다. 늘 창문을 꼭 꼭 닫아둬서인지 그녀의 집에서는 음식이 잘 쉬었다. 양지 한덩이를 삶아 한솥 끓인 육개장이 밤사이 쉬어 한끼도 먹지 못하고 버린 적도 있었다. 솥째 쏟아버리며 그녀는 남편과 아이들이 떠나고 혼자 남겨진 집에서 국을 버리고 있는 듯한 기분이 들었다. 고사리, 숙주, 근대 같은 건더기가 배수통을 틀어막아 개수대에 더럽게 차오르는 육개장 국물을 넋 놓고 바라봤다.

"왜 아무 말도 안 하는 거야?" 남편이 그녀를 다그쳤다.

"아무 말도, 아무 말도 하고 싶지 않아." 그녀는 고개를 저었다.

"뭐야, 기껏 사람 열받게 해놓고 시치미 떼겠다는 거야? 내가 미치는 거 보고 싶어?"

"정말이지 더는 아무 말도 하고 싶지 않아……"

혀가 마른 종잇장처럼 목구멍으로 말려들어가는 듯해 그녀는 차창에 머리를 비스듬히 기대고 눈을 감았다 떴다. 집에서 한없이 멀어지든 말든 신경 끄고 잠들고 싶지만 아이들 때문에 그럴 수 없었다. 사거리에서 남편이 퀵기사와 시비 붙었을 때 아이들과 택시를 잡아타고 먼저 집에 갈 걸 그랬다는 후회도 들었다. 살을 발라먹은 갈비뼈와 아귀 뼈다귀가 너저분하게 널린 잔칫상 앞에서, 아버지의 요양원비를 두고 언성을 높이던 형제들의 모습이 떠올랐다. 소파 위 아버지는 자식들을 심판하듯 내려다보기만 할 뿐 아무 말씀이 없었다.

오토바이가 나타난 것은 그들 차가 육교 밑을 지날 때였다. 퀵 오토바이가 그곳까지 따라온 줄 알고 그녀는 화들짝 놀랐다. 남편도 마찬가지였는지 차선을 바꾸는 동시에 속도를 백이십 킬로미터까지 높였다. 오토바이는 춤을 추듯 지그재그를 그리며 달리다 그들 차를 추월하더니 눈 깜짝할 새 사라졌다.

"커튼 뒤에 누가 있었어. 커튼 뒤에……"

"커튼?"

"보라색 커튼 말고 금색 커튼 뒤에……"

커튼 가게에는 커튼이 여러개 걸려 있었다. 보라색 커튼 뒤에 금색 커튼이, 그 뒤에 아이보리색인지 흰색인지 안개처럼 아슬아슬한 커튼이, 그리고 그 뒤에……

그녀는 자신에게나 겨우 들릴 만큼 희미한 소리로 중얼거리다 고개를 저었다.

"아버지가 알아들으셨을 거야."

"뭘?"

"아버지를 우리 집에 모시고 오던 날, 차 안에서 당신이 했던 말……"

요양원에 모시기 전 그녀는 한달여 아버지를 모셔야 했다. 혼자서 일상생활이 불가능해지자 자식들은 처치 곤란한 세간을 임시 보관하듯 한두달씩 돌아가면서 아버지를 모셨다. 하필이면 그즈음 남편이 새로 오픈한 대리점으로 자리를 옮겨 쉬는 날도 없이 바빴다. 저녁에 남동생 집으로 아버지를 모시러 가야 한다고 며칠 전부터 당부했는데도 남편은 열시가 다 돼서야 귀가했다. 그녀는 잠든 아이들을 깨울 수가 없어서 집에 두고 남편과 아버지를 모시러 갔다. 자신들이 돌아오기 전에 아이들이 깰까봐 염려됐지만 어쩔 수 없었다.

"내가 뭐라고 했는데?"

"기름이 떨어져 주유소에 들렀을 때 당신이 했던……"

"내가 뭐라고 했냐니까?"

"당신이 한 말이니까 당신이 더 잘 기억할 거 아니야."

"기억 안 나."

"어떻게 기억이 안 날 수 있어?"

"내가 한 말을 전부 기억하고 살 만큼 내가 한가한 사람인 줄 알아?"

"그럼 나는 한가한 사람이야? 온종일 일분도 쉴 새 없이 전화를 받다 집에 돌아오면 머리가 으깨진 호두 같단 말이야. 옷 갈아입을 시간이나 있는 줄 알아? 애들 저녁 해서 먹여야지, 과제물 봐줘야지, 다음 날 준비물 챙겨줘야지…… 차분히 앉아서 드라마 볼 시간이나 있는 줄 알아?"

"그렇게 힘들면 관두라고 했잖아."

"관두면? 당신이 지난달에 가져다준 월급이 얼만 줄 알아? 겨우 은행 이자 낼 돈밖에 더 갖다줬어? 내가 안 벌면……"

남편이 욕설을 내뱉어 그녀는 입을 다물었다. 몹시 흥분하면 그는 아이들이 듣든 말든 그녀에게 욕설을 퍼부었다.

"내가 아무렴 아버님이 들으시면 안 되는 말을 했겠어?"

"아무튼 아버지가 다 알아들으셨을 거야. 내색은 안 하셨지만 속으로 얼마나 슬퍼하셨을까."

"내가 뭐라고 했는데?"

"……"

"내가 뭐라고 했는데?"

"……"

"내가 뭐라고 했느냐니까!"

"나도 기억이 잘 나지 않지만……"

"기억나지도 않는 말을 가지고 날 들들 볶아대는 거야?"

"아무튼 아버지가……"

그때만 해도 그녀는 5번이 아니라 8번이었다. 계획에 없던 둘째아이를 임신 중이어서 체중이 십팔 킬로그램이나 불어 있었다. 끝없이 강박적으로 밀려드는 콜에 응답하다 입덧이 올라오면 그녀는 야채크래커 반조각을 입속에 넣고 사탕처럼 녹여 먹었다. 혀 위에서 크래커 녹아드는 소리가 전화기 저편, 그러잖아도 불만에 찬 고객에게 들리지 않게 그녀는 조심해야 했다. 야채크래커 한봉지가 다 비고 부스러기가 콜 전화기 주변에 어지럽게 널리도록 그녀를 붙들고 놔주지 않는 고객이 하루에 한두명은 꼭 있었다.

표정을 흐리고 있던 그녀가 갑자기 눈에 힘을 주며 뒤를 돌아다봤다.

"아빠 엄마는 지금 싸우는 게 아니란다. 그래 싸우는 게 아니야. 응? 뭐? 뭘 봐? 뭘? 싸우는 게 아니라고 하지 않았니. 엄마 아빠는 싸우지 않아. 싸우지 않는다니까…… 그런데 뭘 봤다는 거니? 그걸 지금 말하면 어쩌니? 아까 말했어야지, 아까. 엄마 아빠가 싸워서? 싸우는 게 아니라니까…… 뭘? 뭘 봤다구?"

그녀가 두 손으로 얼굴을 덮더니 고개를 저었다.

"여보…… 애들이 봤대……"

남편이 보행신호를 무시하고 백십 킬로미터 속도로 횡단보도를 통과했다.

"우리 차에 퀵 기사가 치여 쓰러지는 걸 우리 애들이……"

"잘못 봤겠지."

"우리 애들이 거짓말을 할 줄 모른다는 걸 당신도 잘 알잖아."

"거짓말을 해서 그 벌로 피자를 못 먹게 했다고 하지 않았어?"

"그뒤로는 절대 거짓말을 안 한단 말이야."

가로수가 은행나무에서 플라타너스로 바껴 있었지만 그녀는 깨닫지 못했다.

휘황하다 못해 요란스레 번쩍이는 모텔 간판들이 차창 밖으로 지나갔다. 그녀는 어쩐지 남편과 처음 들었던, 강변의 모텔도 차창 너머 모텔들 속에 있을 것 같았다. 그녀는 단발 길이인 지금보다 훨씬 머리가 길었고 두 아이의 엄마가 아니었다. 그녀를 낳아준 어머니가 아직 이 세상에 살아 있었고, 아버지는 셋째딸인 그녀의 이름을 똑똑히 기억하고 있었다. 모텔에 들기 전 그녀와 남편은 근처 식당에서 춘천닭갈비를 사 먹었다. 손님이라곤 그들뿐이었고 식당에 걸려 있던 달력은 그 달인 8월이 아니라 6월에 머물러 있었다. 그들이 든 모텔방 불이 꺼지고 그녀는 벽 너머에서 들려오는 남자의 울음소리를 들었다. 한 남자가 아니라 두 남자가 함께 울고 있었다. 흐느낌에 가까운 남자들의 울음소리는 네발로 걸어다니는 짐승의 울음 같았다. 마치 짐승 두마리가 황량한 벌판 끝과 끝에서 그렇게 서로를 향해 흐느껴 우는 것 같았다. 조용히 하라면서 주먹으로 벽을 치는 남편의 얼굴은 짙은 어둠 때문에 보이지 않았다. 당신 얼굴이 보이지 않아…… 그때만 해도 애인이던 남편에게 등을 보이고 돌아누우며 그녀는 그렇게 중얼거렸다.

"당신 얼굴이……"

"또 그 소리야?"

"기억……나?"

"그 소리 좀 그만할 수 없어? 아주 지겨워 죽겠어."

"내가 그렇게 말했던 거……"

"오늘 점심에도 식탁에서 정신 나간 여자처럼 중얼거렸지. 당신 얼굴이 보이지 않아."

눅눅해진 김구이에 밥을 돌돌 싸 작은애 입에 넣어주고 그녀는 그렇게 중얼거렸다. 화가 난 남편이 식탁에서 일어서고, 작은애가 밥알과 김과 침이 뒤엉킨 덩어리를 감잣국 속에 뱉었다. 큰애는 식탁에 없었다. 텔레비전 앞에도 없던 큰애가 그때 집 어디에 있었는지 그녀는 기억나지 않았다.

"정말 보이지 않았으니까……"

그녀는 손을 뻗어 실내등을 켰다. 감빛이 도는 실내등 불빛 속에서 남편 얼굴을 삼키듯 바라보다 뒷자리로 고개를 돌려 아이들 얼굴을 바라봤다. 남편이 갑자기 차를 돌려 반대편 차선으로 바꿔 탔다. 그곳은 하필이면 유턴이 금지된 곳이었다.

허공에 죽은 새처럼 떠 있던 감시카메라에 빨간 불이 깜빡 들어왔지만 그녀도 남편도 미처 그것을 보지 못했다.

*

비디오를 되감기한 듯 그들 차는 역신 사거리로 되돌아와 있었다. 실내등을 환하게 밝히고 반대편 차선에 서 있었지만 그들 차를 주시하는 사람은 없었다. 보행 신호가 켜진 횡단보도는 아까와 마찬가지로 텅 비어 있었다. 그녀는 자신이라도 차에서 내려 횡단보도를 건너야 할 것 같은 초조감이 들었다. 방금 12에서 11로 바뀐 신호등 숫자가 점점 줄어들어 또다시 구멍이 되기 전에…… 버스마저 끊겼는지 사거리로 차 한대 지나가지 않았다. 도로 위 어디서도 퀵 오토바이는 보이지 않았다. 그날밤 그곳에서 아무 일도 없었다는 듯 바람만 도로 아스팔트 바닥을 쓸고 있었다.

커튼 가게만이 변함없이 조명을 밝히고 있는 상가 건물로 누군가 걸어들어가고 있는 게 그녀의 눈에 들어왔다. 최후의 촛불이 켜지듯 입구에 설치한 자동 센서등에 불빛이 들어왔다. 불빛에 드러난, 뒷모습밖에 보이지 않는 누군가가 그녀는 아무래도 금색 커튼 뒤에 서 있던 누군가 같았다. 등이 꺼지기도 전에 상가 건물 안으로 삼켜진 누군가가 터벅터벅 계단을 올라가는 소리가 들려오는 듯했다. 누군가가 디지털고시원 폐쇄된 창문 너머에 놓인 침대로 가 몸을 누이는 모습이 그녀의 머릿속에 보고 있는 듯 그려졌다.

"날 못 알아보시는 것 같았어……"

차창에 쌀뜨물처럼 차오르는 김을 그녀는 손등으로 훔쳤다.

"아버지가 날…… 추석 때만 해도 날 알아보시더니…… 내 이름은 기억 못해도 내가 당신 딸이라는 건 아셨는데…… 우리 아이들도 전혀 못 알아보시는 것 같았단 말이야."

그녀는 차창에 이마를 붙이고 고개를 가만가만 저었다. 금이 가듯 그녀의 머리카락 몇가닥이 차창에 달라붙었다.

"일요일이 다 가버렸어." 절망감이 짙게 밴 남편의 목소리는 울먹거림에 가까웠다.

"여보, 내가 너무 늙어서 우리 아이들을 못 알아보는 날도 올까? 그런 날이……"

차 안에 떠도는 그녀의 중얼거림을 지우려는 듯 남편이 라디오 스위치를 눌렀다. 높고 상냥한 목소리가 그들 차가 서 있는 역신 사거리에서 먼 한밤의 고속도로 상황을 전했다.

귀 기울여 듣던 그녀는 뒤를 돌아다봤다.

"얘들아, 그런 날이 올까…… 엄마가 너희들을 못 알아보는 날이……"

차가 다시 달리고 있었지만, 그래서 아이들이 흔들리고 있었지만, 그녀는 차가 여전히 멈춰 서 있다고 생각했다. 남편이 차 속도를 줄이더니 핸들을 꺾었다. 중앙차선을 넘으며 반원을 그리던 차는 눈 깜짝할 새 반대편 차선으로 들어섰다.

"너희들을……"

차는 오백 미터쯤 내달리다 우회전했다. 삼백 미터쯤 직진하다 좌회전, 곧바로 우회전한 뒤 오십 미터쯤 직진하다 유턴. 그곳에 그녀 가족이 사는 아파트가 있었다.

"그래, 엄마는 5번…… 너희들이 아무리 전화해도 엄마는 받을 수 없단다."

그녀는 머리 위로 손을 뻗었다. 그녀 자신을 지우는 심
정으로 실내등을 껐다. 전조등을 끈 채로 자신들의 차가
달리고 있다는 사실을 남편도, 그녀도 깨닫지 못하고 있
었다.

국수

그래요, 지금은 반죽의 시간입니다. 분분 흩날리는 밀가루에 물을 한모금 두어모금 부어가면서 개어 덩어리로 뭉쳐내야 하는 시간인 것입니다. 부르튼 발뒤꿈치 같을 덩어리가 밀크로션을 바른 아이의 얼굴처럼 매끈해질 때까지 이기고 치대야 하는 시간이요.

들기름이 어디 있을까 싱크대 서랍들을 뒤적이다, 노란 고무줄로 감아 입구를 봉한 사 킬로그램들이 밀가루 봉지가 눈에 들어오는 순간 국수를 끓여야겠다고, 내 손으로 반죽을 빚고 밀개로 밀어 한가락 한가락 고르게 국숫발을 뽑아…… 나는 당장 큼직한 양푼을 찾아 봉지 속 밀가루를 쏟았습니다. 두어대접 분량의 밀가루로 얼마만 한 반죽 덩어리가 만들어질지, 몇가락의 국숫발이 뽑아질지 좀처럼 가늠이 안 됩니다. 푸대접받는 늙은이처럼 미역 봉지와 당면 봉지 뒤에 웅크리고 있던 밀가루 봉지가 내 눈에 들어오지 않았다면 나는 지금 불려둔 쌀로 죽을 쑤고 있을 테지요.

소금알들이 물에 녹아들기를 기다리고 있습니다. 굵은 소금알들이 유리컵 바닥에 바위처럼 무겁게 가라앉아 좀처럼 녹아들지 않고 있습니다. '칠성사이다' 마크가 찍힌 유리컵 속 물은 응고된 고체 덩어리처럼 고요하기 그지없습니다. 찰나, 찰나 소금알들은 녹아내리고 있을 테지만 제 조급한 두 눈이 느끼어 알기에는 그 진도가 너무 더딥니다. 소금알들이 스스로 녹아 물속으로 완전히 사라질 때까지 이렇게 마냥 기다리자니 남은 시간이…… 나는 기어이 수저통에서 젓가락을 꺼내듭니다. 손잡이 부분에 봉황 모양을 새긴 젓가락으로 유리컵 속 물을 휘휘 저어줍니다. 지름이 오 센티미터 남짓인 좁다란 유리컵 속에서 회오리가 일면서 소금알들이 떠오릅니다. 휘 — 휘 — 이는 회오리를 들여다보자니 현기증이 납니다. 회오리 속으로 나라는 존재가 빨려드는 것 같은 착시가……

소금알들이 흔적도 없이 녹아든 물을 조금씩, 인색하다 싶을 만큼 조금씩 부어가면서 밀가루를 손으로 뒤적뒤적

섞어줍니다. 밀가루가 축축이 젖어들고 엉기면서 손가락에 들러붙습니다. 손아귀에 잡히는 대로 밀가루를 주물럭거려 덩어리를 만듭니다. 손가락 마디들이 당기고 불거지도록 꾹꾹 눌러주면서, 껌처럼 덩이져 양푼에 들붙으려는 밀가루를 손가락으로 긁어 떼어가면서…… 언젠가 내게 반죽의 시간이 찾아오리라는 걸 나는 막연하게나마 짐작하고 있었는지도 모르겠습니다. 오후의 빛이 으깨진 홍시처럼 널린 부엌 창을 무심히 등지고 앉아서 이렇게 꾹—

꾹꾹 꾹꾹 손으로 반죽을 치대며 부엌을 둘러봅니다. 닳고 닳아 원래의 색보다 흐릿해진 노란 리놀륨 장판과 회색 싱크대, 보라색 나팔꽃 무늬가 반복돼 프린트된 벽지, 금성 냉장고, 취사와 보온 기능뿐인 빨간 밥솥, 알로에가 심긴 파란 플라스틱 화분, 연두색 쓰레기통, 농협에서 만든 달력, 먼지가 부옇게 낀 복조리, 탑처럼 차곡차곡 쌓아둔 거무스름한 냄비들과 프라이팬, 십장생이 그려진 쌀항아리, 다리를 접어 냉장고에 기대 세워둔 둥근 나무 소반…… 세상의 모든 그림자가 한결같이 옅어지는 오후 다섯시, 평소 같았으면 마트에서 장을 보거나 마른 빨래를 거둬 개키고 있었겠지요. 그런데 어제도 그저께도 이렇게 당신의 부엌에서 밀가루 반죽을 개어온 것만 같은 기분이

드는 건 어째서일까요.

반죽이 매끈하게 뭉쳐지지 않고 갈라지고 터집니다. 반
죽이 차지도록 치대려면 아직 멀었는데 벌써부터 국숫발
삶는 냄새가 나는 것 같습니다. 솥단지 그득 국숫발들이
서로 엉키고 풀어지면서 거품과 함께 끓어오르고 있는 것
만…… 국숫발 삶는 냄새를 어떻게 설명해야 할까요. 밀
가루로만 반죽해 뽑은 국숫발들이 삶아지면서 풍기는 그
냄새를 말이에요. 담담하고 심심하지만 잊고 있던 허기를
슬그머니 흔들어 깨우는 그 냄새를요. 기계로 뽑아 말린
소면이 삶아지면서 풍기는 냄새와는 다른, 뭐랄까, 오르
간 소리와 피아노 소리의 음색이 다르듯이 말이에요.

밥상 가까이 국수 솥단지가 놓여 있던 장면이 떠오릅
니다. 침몰하고 있는 배처럼 비스듬히 기울어 뚜껑이 열
린 채로 말이에요. 거무스름하게 그을린 솥단지 밑에 받
친 신문지 뭉치, 솥단지 옆 포개놓은 양은대접들, 솥단지
양 손잡이에 걸쳐 있던 흰 면행주, 손잡이가 유난히 길던
양은국자로 퍼올리던 국숫발들, 허공에서 율동적으로 요
동치던 국숫발들에서 피어오르던 허연 김, 양은대접에 걸
쳐져 있는 국숫발을 쓸어담던 손가락……

아무래도 반죽이 빡빡하니 너무 된 듯해요. 물을 조금만 더 넣어야겠습니다. 한모금만…… 한모금 더…… 물양이 늘어날수록 반죽이 만만해지겠지만 까딱하다 질어지기라도 하면 기껏 뽑아낸 국숫발이 난작난작 늘어질 테니까요.

여전히 반죽이 너무 빡빡한 게 아닌가 싶지만 한덩이로 뭉쳐집니다. 손님처럼 마루 한구석에 옹송그리고 앉아밀가루 반죽을 이겨대던 당신의 모습이 떠오릅니다. 손바닥 안의 손금이 다 닳아지지나 않을까 염려될 만큼 반죽을 꾹꾹 눌러대던 꾹꾹 꾹 —— 당신이 반죽에 몰래 섞어넣어 그렇게 꾹 누르고 눌러야만 했던 것, 그것은 무엇이었을까요. 벌써 이십구년 전인가요? 당신이 우리와 살러 왔을 때 꼭 지금의 내 나이였으니 말이에요. 마흔셋이던 당신은 일흔두살이, 열넷이던 나는 마흔세살이 됐으니……당신이 우리 집에 오던 날, 미리 와서 당신을 기다리던 친척어른들이 방 안에 모여 쉬쉬 나누던, 석녀(石女) 어쩌고하는…… 애를 낳지 못해 이혼당한 여자라는 소리를 어쩌다 엿들어서였을까요. 어린 내 눈에 당신은 식모살이를 하러 들어온 사람처럼 기가 죽어 보였습니다. 중앙시장에서 공구 장사를 하던 아버지는 당신을 집에 데려다놓고 가게 일을 보러 나가버렸지요. 친척어른들마저 돌아간 뒤에야 당신은 긴 동면에서 깨어난 듯 마른 몸을 일으켰고 부엌에 들어가 양푼을 들고 나왔습니다. 쌀을 씻을 때나 쓰던 양푼에는 밀가루가 들어 있었지요. 남쪽으로 앉은 마루에 고여 있던 빛이 거둬지고 당신이 꾹꾹 누르고 치댄 반죽을 밀어 뽑아낸 국숫발, 그 국숫발로 끓인 국수, 그 국수에는 달걀지단은커녕 감자나 호박, 파 한조각 들어 있지 않았지요. 당신은 간을 전혀 하지 않은 국수를 대접에 퍼 담아 나와 동생들 앞에 차례로 놓아줬습니다. 무엇이 그리 못마땅하고 무엇에 그리 부아가 치밀었던 것인지, 나는 당신이 기껏 뽑아낸 국숫발을 숟가락으로 뚝 뚝 끊었습니다. 내 앞에 놓인 대접 속 국숫발을 전부 뚝뚝.

손목이 벌써부터 저려옵니다. 얼마나 더 이겨대고 주물러야 반죽이 적당히 차지고 끈기 있어질까요. 얼마나 더 꾹— 반죽에 매달려 있으려니 속절없이 나이가 들어버린 심정입니다. 반죽에 밀가루를 솔솔 뿌려가면서 밀개로 밀 즈음에는 당신만큼 맥없이 늙어 있을 것만 같습니다. 냉골 같던 남편이 죽고, 의붓자식들마저 다 떠나버린 집…… 이 집을 혼자 지키고 살면서 당신은 얼마나 자주 반죽의 시간을 가졌을까요. 국수를 끓여 먹으려니까 네 생각이 나서 말이다…… 꾹— 문득 문득 당신은 내게 전화를 걸어와 그렇게 중얼거리곤 했습니다. 국수요? 밥 밖에 모르는 아버지의 식성을 닮아 밀가루 음식을 그다지 즐기지 않는다는 걸 당신은 모르는 걸까요. 더구나 맏딸 인 나는 아버지의 야박스러운 성격을 빼닮은 자식이 아니 던가요. 그런데도 당신은 손수 반죽해 뽑은 국숫발로 끓 인 국수를 내게 먹이지 못해 그렇게나 아쉬워했습니다.

주물럭주물럭 반죽을 치대는 내 손가락들이 왜 이렇게 낯선지 남의 손가락을 몰래 훔쳐다가 내 손에 끼우고 천 연덕스럽게 반죽을 치대는 것 같은 기분마저 듭니다. 그 러니까, 곤히 잠든 당신의 손가락들을 몰래 훔쳐다…… 당신이 처음 우리 앞에 끓여 내놓은 국수 말이에요, 그 국 수에 노란 달걀지단이 얹혀 있었대도 내가 숟가락으로 국 숫발을 뚝뚝 끊어버릴 수 있었을까, 하다못해 맨김 부스 러기라도 뿌려져 있었대도요.

혀가 말이다……
혀가 왜요?
혀가……

………

어찌나 욱신거리고 쑤시는지 국수를 건져 먹다 말았다.

……?

국수가 닿기만 해도 혀가 대패에 쓸리듯 쓰려서……

………

큰 병원에서 검사를 받아보라는구나.

불쑥 변덕이 나면서 반죽을 내던져버리고 싶습니다. 슈
퍼에 가면 손으로 반죽을 빚어 뽑은 것보다 차지고 부드
러운 국수가 얼마든지 있을 텐데 뭔 궁상이고 극성인가,
스스로에게 짜증마저 치밉니다. 반죽뿐 아니라 양푼까지
던져버리고 싶은 마음을 간신히 억누르고 꾹 — 어쩌면
나는 빚을 갚는 심정으로 반죽의 시간을 견디고 있는 것
인지 모르겠습니다. 꾹 — 언제부턴가 당신만 생각하면
갚을 도리가 없는 빚을 진 듯한 부채감이 날 의기소침하
게 만들었으니 말이에요.

혀 좀……

………

혀 좀 끊어줘라.

새벽 두시, 당신에게 걸려온 전화를 끊고 나는 얼마나 불안에 떨었는지 모릅니다. 끊어 없애고 싶을 만큼 통증이 심한 당신의 혀가 걱정돼서가 아니라…… 두달이나 지나서야 나는 당신을 서울에 올라오게 해 종합병원에 모시고 갔더랬지요. 혈액 검사와 소변 검사, 초음파 검사, 그리고 이런저런 검사들. 전날 저녁부터 굶은데다 세시간 넘게 이어진 검사 탓에 당신은 입술이 까맣게 타들 만큼 녹초가 됐지요. 검사를 받는 것보다 일일이 검사실을 찾아가고 순서를 기다리는 것이 당신을 더 고단하게 했을 것입니다. 당신 말대로 아픈 사람들 천지인지 검사실마다 역 대합실처럼 북적거렸으니까요. 병원을 나와 내가 당신을 데리고 들어간 곳은 국숫집이었습니다. 마땅한 식당이 국숫집밖에 없어 보였습니다. 주문한 지 십분쯤 지나 스테인리스 대접에 담겨 나온 국수는 당신이 끓여내는 국수와는 달랐지요. 전혀 다른 종류의 음식인 것처럼 말이에요. 누린내가 나는 사골 국물에 매끈매끈한 국숫발을 말고 채 썰어 볶은 호박과 소고기 고명을 얹은 국수를 당신은 물끄러미 내려다보다 힘없이 숟가락을 들고는, 국물만 두어숟가락 뜨다 말았습니다.

당신이 끓여내는 국수가 너무나 먹고 싶었던 적이 꽤

52

여러번 있었지요. 서울에 올라와 직장에 다니며 혼자 자취를 하던 시절이었습니다. 퇴근길에 집 앞 슈퍼에서 밀가루를 사들고 와 반죽을 했습니다. 자취 살림이라 적당한 양푼이 없어 냄비에 밀가루 한봉지를 다 쏟아붓고, 굵은 소금이 없어 양념 소금을 녹인 물을 찔끔찔끔 부어가면서요. 텔레비전 앞에 웅크리고 앉아 질척한 밀가루 반죽이 온 손가락에 덕지덕지 달라붙도록 반죽을 치댔지요. 반죽을 펼 밀개가 없기도 했지만 나는 기껏 이겨 갠 반죽 덩어리를 비닐봉지에 싸 냉장고 채소칸에 넣어버렸습니다. 나중에 냉장고를 정리하다 꺼냈을 때 반죽 덩어리는 돌덩이처럼 단단히 굳고 퍼런 곰팡이로 뒤덮여 있었습니다. 그날 나는 직장에서 해고 통보를 받았습니다. 첫 직장인데다, 다닌 지 고작 오개월밖에 안 돼서였을까요. 휴게실 커피자판기 앞에서 동료로부터 해고자 명단에 내가 포함돼 있다는 소식을 전해 들으며 나는 그저 국수가 먹고 싶다는 생각뿐이었습니다. 당신 손이 뽑은 국숫발을 한저분 입속에 말아넣고 순하고 굼뜬 소처럼 우물거리고 싶다는…… 다시 취직이 되기까지 구개월이나 걸렸지만 나는 당신에게 그러한 사정을 알리지 않았습니다.

얼마나 더 주무르고 치대고 이겨야 국숫발을 뽑기에

적당한 반죽이 될까요. 당신이 양푼 속에 소금물을 부어가며 치대고 치댄 것, 그것은 어쩌면 밀가루 반죽이 아니라 시간이 아니었을까요. 문득 그런 생각이…… 꾹— 내가 당신의 부엌에서 밀가루 반죽을 치대고 있을 줄은 정말이지, 꾹—

　더 꾹—

　당신이 혼자 내 집을 찾아온 적이 딱 한번 있었더랬지요. 결혼한 지 팔년째 되던 해 인공수정으로 어렵게 임신한 아이를 유산하고 누워 지낼 때였습니다. 부산으로 며칠 출장을 떠나며 남편은 당신에게 연락을 취했고, 당신은 그 이튿날 새벽같이 고속버스를 타고 내 집을 찾아왔습니다. 국수가 먹고 싶다면서…… 당신은 엉성하고 낯선 내 부엌에서 밀가루 반죽을 치댔지요. 당신이 처음 우리를 찾아온 날처럼 식탁 옆에 옹송그리고 앉아서는 말이에요. 닭을 한마리 푹 곤 물에 국숫발을 말고, 연한 살점만을 쭉쭉 찢어 들깨와 참기름으로 조물조물 무쳐서는 고명으로 올린 칼국수를 말이에요. 당신은 양념장 대신 집에서 담가 가져온 나박김치를 유리 그릇에 담아 칼국수 대접 앞에 놓았지요.

맘 편히 먹고 기다리면 들어설 거다. 기다리다보면 자연히……

당신이 돌아간 뒤 나는 퉁퉁 불어터진 국수를 변기에 쏟아버렸습니다. 당신을 태운 엘리베이터가 15층에서 1층에 닿기도 전에 당신의 운명과 내 운명을 저주하면서요. 변기가 한가락 남김없이 국숫발을 삼킬 때까지 밸브를 내리고 또 내리면서…… 내 몸에 아이가 들어서지 않는 탓을 나는 당신에게 돌리고 있었습니다. 나와 피 한방울 섞이지 않은 당신 탓으로요. 당신의 운명이 내 운명을 지배하기 때문이라고 나는 믿고 싶었는지 모르겠습니다.

기다리다보면요?

아무리 기다려도 오지 않을 수 있다는 걸 너무 일찌감치 알아버린 나는 당신에게 그렇게 되물었지요. 세탁소를 하던 외삼촌 집에 다니러 가며 저녁 전에는 돌아올 거라던 어머니는 영원히 집에 돌아오지 않았지요. 당신이 우리에게 오던 날도 나는 당신이 아닌 내 친어머니를 기다렸지요. 기다리다보면 어머니가 살아 돌아올지도 모른다는 믿음이 내게 있었으니까요. 당신이 어머니를 대신해 우리를 자식으로 거두고 사는 동안에도 나는 내내 어머니를 기다렸는지 모르겠습니다. 내가 고집스레 당신을 어머니라 부르지 않은 건 그 때문일 것입니다. 당신이 내 부엌에 두고 간 밀개…… 나는 그것을 이사하면서 전에 살던 집에 두고 왔습니다.

혀에 이미 암이 깊숙이 퍼져 절제가 불가피하다던 의사의 설명을 당신에게 어떻게 전해야 할까요.

반죽에 찰기가 붙으며 한덩이의 밀가루 반죽이 아니라 차지게 맺힌 응어리와 한바탕 씨름이라도 벌이고 있는 것 같습니다. 괜한 오기까지 뻗치는 게, 약이 오를 대로 오른 내 손가락들이 악착같이 달려들고 매달릴수록 양푼 속 응어리는 더 차져집니다. 그런데요…… 응어리와 달리 내 안의 뭔가가 풀리는 것만 같은 게…… 뭉치고 맺힌 뭔가가…… 응어리라고밖에는 별달리 표현을 못하겠는 그 뭔가가 부드럽게…… 반죽의 시간이 당신에게 가슴속 응어리를 달래고 푸는 시간이 아니었을까 싶은 생각마저 듭니다.

반죽 덩어리가 웬만한 얼굴만 해서일까요. 국숫발을 뽑기 위한 반죽이 아니라 어떤 형상을 빚기 위한 반죽만 같은 게 반죽으로 그 어떤 형상을 빚어도 결국은 당신의 얼굴이 될 것 같습니다. 기쁨, 노여움, 슬픔, 즐거움 중 그 어떤 감정도 좀처럼 읽히지 않는 무표정하고 체념 어린 얼굴이요. 반죽을 그대로 놔둬도 당신의 얼굴을 꼭 닮은 형상을 저절로 띨 것 같습니다. 그러니까 반죽이 저 스스로 조금씩, 조금씩 당신의 얼굴을 닮아갈 것만……

당신의 얼굴을 꼭 닮은 밀가루 반죽 형상에 손가락으로 구멍을 내고 훅— 숨을 불어넣는 상상을 해봅니다. 훅—

이 반죽 덩어리로 몇가락의 국숫발을 뽑을 수 있을까요. 당신이 뽑아내는 국숫발은 아주 굵지도, 그렇다고 아주 가늘지도 않았지요.

국수라도 끓여주랴?

북어 껍질을 뜯는 듯한 소리에 깜짝 놀라 홀쩍…… 환청을 들은 걸까요. 그렇지만 분명…… 부엌 미닫이문 너머, 거실 어디에도 당신이 없습니다. 아무래도 내가 환청을 들었나봅니다.

  한시간이면 될까요. 숙성을 위한 시간으로 말이에요. 그냥 내버려둔 동안 반죽은 저절로 차져지고 부드러워질 것입니다. 반죽이 어느 정도 치대지면 당신은 그것을 비닐에 싸고 양푼째 보자기로 덮어서는 밀쳐뒀지요. 한시간이고 두시간이고, 때때로 반나절이 훌쩍 지나도록 잊은 듯 내버려뒀지요. 과학적으로 밀가루 반죽의 경우 네다섯시간이 숙성 시간으로 적당하다는 설명을 요리 관련 글에서 읽은 적 있습니다. 실온이 아닌 냉장고에 넣어두는 것이 효과적이라는 설명도요. 네다섯시간이라…… 그렇지만 오늘 밤 나는 고속버스를 타고 내 집으로 돌아가야 합니다. 아무리 늦어도 여덟시 전에는 이 집을 나서야 자정 전에 서울에 도착할 수 있을 것입니다. 그리고 당신은 또다시 이 집에 혼자 남겨지겠지요. 숙성의 시간을 그냥 건너뛰고 반죽을 밀개로 밀고 부엌칼로 뚝뚝 끊어 국숫발을 뽑고 싶은 걸 참고 나는 반죽을 비닐로 싸고 싱크대 서랍들을 살핍니다. 손바닥만 하게 개켜 서랍 속에 차곡차곡 넣어둔 보자기들—— 연두색 보자기, 금색 보자기, 주황색 보자기, 보라색 보자기, 파란색 보자기 중에서 보라색 보자기를 꺼내 펼쳐 양푼을 싸고, 양푼을 부엌 어둑한 구석에 밀쳐두고 나니 괜히 허탈하니 공허감 같은 게 밀려드는 게……

보라색 보자기 속에서 반죽이 홀로 숙성의 시간을 갖는 동안 나는 뭘 해야 할까요. 오른손이 저려옵니다. 저릿저릿한 오른손을 왼손으로 가만히 그러쥐어봅니다. 만약에요…… 당신이 나와 내 동생들 앞에 처음 내놓은 음식이 국수가 아니었다면 어땠을까요. 소박하다 못해 궁상스럽기까지 한 국수가 아니라 생색을 낼 만한 음식이었다면 말이에요. 잡채나 불고기…… 하다못해 김밥이었다면 말이에요. 똑같은 국수여도 소고기 고명이 그럴듯하게 올려져 있었다면 말이에요. 멸치를 우려낸 국물에 감자나 호박을 썰어넣고 국수를 끓여 내놓았다면 말이에요.

반죽을 빚는 동안 휴대전화에 다섯통이나 부재중 전화가 걸려왔습니다. 세통은 남편에게서 두통은 산부인과에서 걸려온 것입니다. 인공수정을 한차례 더 시도해보기로 했다는 말을 나는 당신에게 하지 않았습니다. 인공수정 시술을 받기 위해 병원에 입원하기로 한 날이 오늘이라는 것도요. 오전 열시경 병원에 가기 위해 집을 나선 나는 지하철역으로 걸어가다 말고 고속버스터미널을 경유

하는 버스에 오르고 있었습니다. 터미널 대기실에서 한시간이나 기다렸다 고속버스를 타고 내려왔습니다. 그 무엇이 나를 불현듯 당신에게로 이끌었을까요. 한차례 더 정밀 검사를 받기 위해 엿새 뒤 어차피 당신이 서울로 올라올 텐데 말이에요. 내가 찾아오리라는 걸 예감한 듯, 당신은 놀라지 않았지요. 양 볼이 골짜기처럼 가파르게 파인 얼굴에서, 나는 당신의 혀가 감당하고 있는 고통을 막연히 짐작할 수 있었습니다.

내가 이렇게 무작정 당신을 찾아오는 날이 또 있을까요.

식당에서 혼자 국수를 먹는 늙은 남자를 본 적이 있습니다. 국수 전문이 아닌 밥과 찌개를 주로 파는 식당에서였어요. 늙은 남자는 구석진 테이블에서 혼자 국수를 먹고 있었습니다. 수전증이 아닐까 의심스럽도록 덜덜 떨리는 손으로 젓가락을 그러쥐고 국숫발을 건져올려, 간장 종지만 같은 자신의 입으로 말아넣고 있었습니다. 땅속에서 뿌리를 뽑아올리듯 힘겹게 건져올린 대여섯가락의 국숫발…… 젓가락에 아슬아슬하게 걸친 국숫발은 늙은 남자의 입에 이르렀을 때 한두가락밖에 남아 있지 않았습니다. 한끼 때우려 국수를 먹고 있는 것은 아니리라는 생각

이 든 것은, 국숫발을 건져올리는 늙은 남자의 모습에서
어딘가 필사의 안간힘 같은 게 느껴졌기 때문일 것입니
다. 늙은 남자의 모습이 구차스럽고 안쓰러워서였을까요.
그럴 수만 있다면 당신의 국수를 한대접 늙은 남자 앞에
슬그머니 놓아주고 싶었습니다. 나는 순두부찌개나 먹을
생각이었으면서 얼떨결에 국수를 주문했지요. 조미료로
맛을 낸 국물에 말아 나온 국수는 실망스러웠습니다. 반
달 모양으로 썬, 서너조각 떠 있던 호박은 덜 익어 비릿한
냄새를 풍겼습니다. 냉동해둔 것을 썼는지 바지락 살점은
씹다 뱉은 껌처럼 볼품없이 쪼그라들어 있었지요. 다른
건 다 그렇다 쳐도 국숫발이 어찌나 형편없던지…… 차지
지도, 그렇다고 부드럽지도 않은 국숫발은 미끈미끈해서
젓가락으로 건져올리기도 쉽지 않았습니다. 내가 기껏 시
킨 국수를 반도 더 남기고 식당을 나설 때까지 늙은 남자
는 필사적으로 국수를 건져 먹고 있었더랬지요.

국수에 타 먹을 양념장을 만들어야겠어요. 양념장을 깜
박할 뻔했지 뭐예요. 혹시나 당신이 만들어놓은 양념장이
있을까 냉장고를 살펴봤지만 비지찌개와 서너가지 밑반
찬뿐입니다. 당신의 국수를 특별하게 만들어주는 게 있다
면 양념장일 거예요. 국물에 소금간도 하지 않아 양념장

을 섞어주지 않으면 밀가루 맛 외에 아무 맛도 느낄 수 없으니 말이에요. 당신이 따로 마련해 내놓던 양념장을 한두숟가락 떠넣고 뒤적뒤적 섞어줘야 당신의 국수는 비로소 제맛을 냈지요. 쫑쫑 썬 쪽파와 고추, 고춧가루, 참깨, 물엿, 들기름, 조선간장, 그리고 또…… 아무래도 양념장에 썰어넣을 쪽파와 고추를 사러 슈퍼에 다녀와야겠습니다. 휴대전화와 지갑을 챙겨들고 마루를 나오다 안방을 들여다봅니다. 벽을 바라보고 모로 누워 꿈쩍 않는 당신을 바라보다 미닫이문 쪽으로 걸어갑니다. 밑창이 닳은 당신의 슬리퍼를 발에 꿰어 신고 대문을 나서는데 문패가 문득 눈에 들어와서 나도 모르게 멈칫 서버립니다. 아버지가 떠난 지가 벌써 언젠데 아버지의 한자 성함을 새긴 검은 문패가…… 하기야 이 집의 소유주마저 당신이 아니라 남동생이 아니던가요. 게다가 오래된 동네라 몇년 안으로 재개발이 될 거라지요. 당신이 호적에 이름을 올리지 못하고 유령처럼 살아왔다는 사실을 나는 결혼하고 혼인신고에 필요한 호적등본을 떼보고 나서야 알았습니다. 호적등본 어디서도 당신의 이름을 찾을 수가 없었지요. 아, 손을 씻는다는 걸 그만 깜박했습니다. 반죽을 치댈 때 손가락들과 손등, 손바닥에 엉키듯 달라붙은 밀가루가 각질처럼 일어나 있습니다. 도로 들어가 손을 씻고 나올까

하다가 골목으로 발을 내딛습니다. 물엿과 참께, 들기름을 섞는다지만 조선간장으로 만든 양념장을 나는 싫어했지요. 왜간장이라고 하는 양조간장보다 쓴맛이 진한데다 구리고 텁텁한 냄새가 내게는 거슬리는 게…… 흰 국물에 흑갈색 양념장이 섞여드는 게 싫기도 했습니다. 흰 국숫발에 고춧가루와 잘게 썬 쪽파, 참께가 달라붙어 올라오는 것도요.

쪽파 한단, 고추 한봉지, 일 킬로그램들이 밀가루 한봉지, 두유 한상자, 딸기 한근. 슈퍼 옆 정육점에 들러 국거리용 소고기도 한근 삽니다. 제과점에서 갓 구워 나온 카스텔라도요. 내 나이쯤 돼 보이는 제과점 종업원이 잔돈을 건네다 말고 움찔합니다. 국수 반죽을 했더니…… 나는 얼떨결에 중얼거립니다. 어머나, 요새도 국수를 반죽해서 끓여 먹는 사람이 다 있네요? 종업원의 호들갑스러운 반응이 부담스러워 나는 서둘러 제과점을 나옵니다. 고리타분하고 유난스러운 사람을 바라보는 듯한 눈빛으로 나를 바라보는 것 같아서요. 반죽을 치대는 내내 머릿속에서 떠나지 않던, 내가 괜히 유난을 떨고 있는 건 아닌가 하는 생각을 떨쳐버리지 못해서 든 쓸데없는 생각이겠지요.

당신이 떠난 뒤 당신의 묘를 어디에다 써야 할지……
아버지 묘 옆은 어머니 묘가 차지하고 있으니 말이에요.
자식을 넷이나 낳은 어머니는 일찌감치 그곳에 묻혀 아버
지를 기다리고 있었더랬지요. 만약 우리 사 남매 중 단 하
나라도 당신이 낳은 자식이었다면 어땠을까요. 당신의 생
각이 궁금해서, 그래서 이렇게 무작정 당신을 찾아온 것
인지도 모르겠습니다. 당신의 혀가 아직 온전할 때 듣고
싶었는지도요. 여자로서 자기 속으로 낳은 자식 하나 없
이 늙어간다는 것이 어떤 것인지 말이에요. 육십억에 달
하는 사람이 모여 살고 있다는 이 지구 어디에도 자신의
피와 살을 나눠준 존재 하나 없이 살아간다는 게…… '내
새끼'라는 말이 저절로 흘러나올 만큼 절대적이고 절실
한, 끈 같은 그런 존재 없이 말이에요. 자식이 끈이더라는
말을 친구에게 들은 적이 있어요. 남편과 자신을 이어주
는 끈일 뿐 아니라 세상과 이어주는 끈이 돼주더라는 말
을요. 일찌감치 결혼해 자식을 넷이나 낳은 친구였지요.
그러고 보니 국숫발이 모양으로만 보자면 끈 같기도 하네
요. 혹 당신이 뽑아낸 국숫발들은 끈이 아니었을까요. 당
신은 자식이란 끈 대신 밀가루로 반죽을 개어 끈들을 만
들어냈던 게 아닐까요. 그 끈들이 허망하게 불어터지고

늘어지는 게 싫어 꾸역꾸역 당신의 입안으로 말아넣었던 것이 아닐까요. 당신이 국숫발을 이로 끊어 먹지 않고 끝까지 젓가락으로 끌어올려 입속으로 말아넣었지요. 그런 국숫발을 내가 숟가락으로 죄다 뚝뚝 끊어버렸으니……

서운하세요? 언젠가 내가 당신에게 그렇게 물은 적이 있었더랬지요. 아버지의 제삿날이었고 당신은 가늘게 채 친 무를 오목한 프라이팬에 넣고 들기름에 볶고 있었습니다.

서운하기는…… 그런 거 하나 없다……

당신은 혼잣말처럼 중얼거리곤 쌀을 안칠 때 받아둔 쌀뜨물 한국자를 프라이팬에 부었습니다. 반쯤 익은 무채가 쌀뜨물에 잠기는 걸 바라보며 나는 당신의 그 대답이 진실되지 않다고 생각했습니다. 서운한 게 어떻게 없을수 있는가. 불쑥 반발심이 일어 날 선 목소리로 당신에게 따지듯 물었지요. 정말 없으세요?

서운한 게 뭐가 있을까……

우리 사 남매를 키우면서 살아가는 삶이 당신에게는 최선이었을까요. 아들 셋에 딸 하나를 둔 아버지는 당신에게서 자식을 보려는 욕심이 없었을 테니 당신은 자식을 낳지 못해 또다시 버림받을지 모른다는 불안에 시달리지 않아도 되었을 테니까요. 요즘이야 자식을 낳지 않겠다고 당당히 선언하는 시대지만 당신이 젊던 시절만 해도 어디 그랬던가요. 당신이 들어와 산 지 사년쯤 지난 어느 날, 당신의 어머니가 다녀간 적이 있었더랬지요. 건어물 행상처럼 허름한 차림으로 불쑥 찾아와 당신이 끓인 국수를 한대접 잡숫고 서둘러 돌아갔지요. 안방으로 모시려는 당신의 성의를 한사코 마다하고 마루에서 국수를 잡숫던 그분의 모습이 눈에 선합니다. 쥐눈이콩 같은 눈으로 우리 사 남매를 살피며 국숫발을 젓가락으로 건져 자글자글 주름진 입으로 가져가던 모습이요. 한가락 한가락…… 한가락…… 우리가 당신의 속으로 난 자식이었으면 얼마나 좋았을까 하는 마음이 그분에게 있었을까요. 돌아가기 전 그분이 우리에게 한장씩 들려주었던 천원짜리…… 꼬깃꼬깃하던 그 천원짜리가 어쩐지 그분의 살점만 같아서 나는 곧장 가게로 달려가 단 과자와 맞바꿔버렸지요. 그리고 일년쯤 지나 그분이 돌아가셨다는 소식이 이른 아침 날아들었고 당신은 우리가 아침을 먹고 등교한 뒤에야 장례를 치르러 전라북도 진안으로 내려갔습니다. 닷새가 지나서야 돌아온 당신의 머리에는 흰 리본이 달린 실핀이 꽂혀 있었어요. 그 닷새 동안 내가 얼마나 애를 태웠는지 당신에게 털어놓은 적이 있던가요. 어쩐지 당신이 돌아오지 않을 것만 같아서, 내 어머니처럼 당신 역시 영원히 돌아오지 않을 것만 같아서였습니다. 단 한번 뵀을 뿐인데 그 어른의 모습이 이토록 오래 내 머릿속에 선명히 남아 있는 건 왜일까요. 나와 한 피로 흐르는 외할머니의 모습은 벌써 빛이 바래 간유리 너머 사람처럼 흐릿해진 것과 달리요.

보라색 보자기를 들추고 반죽을 한번 손가락으로 꾹 ─ 중간에 물을 더 넣고 치댔는데도 여전히 반죽이 된 걸까요. 숙성의 시간을 보내는 동안 탄력과 찰기가 생겨 질겨지기도 했겠지요. 만약 반죽이 처음부터 되었다면 질까봐 지레 겁을 먹은 탓이겠지요. 수제비나 떠야 할 만큼 질까봐서요. 펄펄 끓는 물 속에 풀어넣기도 전에 국숫발들이 서로 들러붙을까봐서요. 이미 숙성시킨 반죽에 물을 더 넣고 치댈 수도 없고…… 점성이 강해진 탓에 물은 반죽에 골고루 스며들지 못하고 겉돌 것입니다. 더구나 숙성까지 시킨 반죽에 물을 더해 다시 치대는 것이 어쩐지 억지스럽게만 생각됩니다. 순리까지는 아니더라도 마땅하고 자연스러운 순서를 거스르는 일처럼 말이지요. 그렇다고 반죽을 다시 할 수도 없으니…… 새로 반죽을 하는 동안 당신이 깨어날지 모르는데다, 엄두가 나지 않는 게……

한가락의 국숫발, 한가락의 국숫발이라도 당신의 혀가 아무 고통 없이 말아올릴 수 있다면…… 우유가 닿는 것조차 쓰리고 아린 당신의 혀가 말이에요.

어서 반죽을 밀어 국숫발을 뽑아야겠어요. 욕심 같아서는 명주실처럼 가느다란 국숫발을요. 반죽을 종잇장만큼 얇고 평평하게 밀고 기저귀 개키듯 차곡차곡 개켜서는……

그것을 펼쳐 놓아둔 양은밥상의 붉은 꽃이 비쳐 보일 만큼 알따랗게 편 반죽에 밀가루를 솔솔 뿌려가면서 개키던 당신의 모습이 떠오릅니다. 하얀 면 앞치마를 허리에 두르고, 한쪽 무릎을 접어 세우고, 나무도마에 바짝 붙어 앉아 반죽을 썰던 모습이요. 고개를 오른쪽 어깨로 기우듬히 떨어뜨리고 엄지와 중지, 검지 그렇게 세 손가락 끝으로 슬쩍슬쩍 눌러가면서⋯⋯

부엌은 형광등을 켜야 할 만큼 어둡습니다. 쓱쓱 국수 써는 소리가 환청처럼 들려오는 듯합니다. 나는 깨끗한 면 보자기를 찾아 부엌 바닥에 깔고 그 위에 나무도마를 올려놓습니다. 슈퍼에서 사온 밀가루 봉지를 개봉하고 밀가루를 한줌 손에 움켜쥐고 나무도마에 고르게 뿌립니다. 반죽을 그 위에 놓고 주물럭주물럭⋯⋯ 당신이 그랬던 것처럼요. 당신은 반죽을 밀개로 밀기 전 나무도마에 놓고 토닥토닥 달래듯 두드리고, 주무르고, 눌러가면서 모양을 더 둥그스름하게 잡아줬지요.

밀가루를 허옇게 뒤집어쓴 국숫발들이 둥근 양은쟁반에 다보록이 널려 있던 장면이 떠오릅니다. 끓는 물 속에서 국숫발들이 너울너울 풀어지던 장면도요. 백색이던 국숫발들이 익으면서 투명하고 창백하게 질려가던 장면도, 솥 밖으로 넘쳐흐를 듯 부르르 거품이 끓던 장면도⋯⋯

그새 반죽이 굳고 있지 뭐예요. 나는 무릎걸음으로 나무도마에 바투 다가앉습니다. 당신이 그렇게 했듯, 기껏 공처럼 둥글게 빚은 반죽을 지그시 손바닥으로 눌러 납작하게 만듭니다. 삼십년 넘게 당신의 손에 길들여진 밀개를 집어들어 반죽 위로 가져갑니다. 밀개를 그 위에 얹고 앞으로 쭉 밀어줍니다. 밀개를 앞으로 밀 때, 밀개 한가운데에 모아져 있던 당신의 두 손은 바깥을 향해 미끄러져나갔지요. 마치 양극과 음극이 서로를 밀쳐내듯 당신의 두 손은 서로로부터 멀어졌어요. 최대한 멀어진 두 손을 다시 밀개 한가운데로 끌어당겨서는 앞으로 쭉— 밀가루를 고르게 뿌려주고 밀개로 또 쭉— 반죽이 찌그러지지 않고 하나의 완벽한 원을 그리며 둥글게 펴지도록 반죽을 이리저리 돌려가면서……

밀개로 반죽을 밀던 당신의 모습이 자기 자신을 한없이 낮추는 오체투지와 닮았다고 말하면 당신은 고개를 절레절레 내두르겠지요.

내가 간혹 장을 보러 가는 대형마트 근처 도로가에 소형 트럭을 대놓고 국수 면을 파는 남자가 있습니다. 중국집 주방장처럼 차려입고 도로에 두 발을 내딛고 서서는, 힘차게 반죽을 밀고 밀어서 뽑아낸 국수 면을 말이에요. 소음과 매연, 어수선함 속에서 도로를 등지고 서서 묵묵히 밀개로 반죽을 밀어서는 말이에요. 그 남자는 어쩌다 소형 트럭을 몰고 다니면서 국수 면을 만들어 파는 처지가 되었을까요. 뚝딱 요리된 한그릇의 국수가 아니라 그냥 국수 면을요.

손목에 잔뜩 힘만 들어가고 반죽이 좀처럼 펴지지 않습니다. 밀가루 반죽 덩어리가 아니라 납덩어리를 밀고 있는 심정입니다. 손목 핏줄이 도드라지도록 밀개에 힘을 실어 눌러 미는데도 잘 펴지지 않는 게 반죽이 빡빡한 탓만은 아니겠지요. 밀개에 매달린 내 몸이 전혀 리듬을 타지 못하고 있으니 말이에요. 밀개로 반죽을 밀 때 당신의 몸에는 리듬이 실렸지요. 손과 손목뿐 아니라 머리부터 발끝까지 말이에요. 단순하고 부드러운 리듬감으로 당신은 밀개를 밀고 밀어 반죽을 조금씩 펴나갔습니다.

당신이 뽑은 국숫발은 너무 굵지도, 너무 가늘지도 않았지요. 보드랍지만 탄성이 있어서 쉽게 끊어지거나 붇지 않았습니다.

아무렇게나 잡아당겨 늘여놓은 것만 같아요. 아무리 잘 썰어도 고르지 못한, 굵기와 길이가 제각각인 국숫발들이 뽑혀 나오겠는 걸요. 어떻게 반죽을 이 모양으로밖에 못 밀었을까, 밀개를 손에서 내려놓지 못하다 반죽에 밀가루를 뿌리고 반으로 접어줍니다. 그것에 밀가루를 뿌리고 또 반으로…… 폭이 반뼘쯤 될 때까지 그렇게, 오른 무릎을 세우고 나무도마에 더 바투 다가앉아…… 슥— 슥 슥— 내가 부엌칼로 썰고 있는 게 밀가루 반죽이 아니라 마분지 뭉치만 같습니다.

양은쟁반 위에서 국숫발들을 풀어줍니다. 당신은 몇올 안 남은 머리카락을 빗듯 손가락 힘을 느슨하게 풀고 국숫발들을 건성건성 털어 흩뜨려주었지요. 썰 때 너무 꽉 눌려 그대로 접혀버린 국숫발들을 일일이 손으로 풀어줍니다.

국숫발들을 내려다보고 있으려니 끈 같다는 생각이 드는 게…… 한가락 한가락이 전부…… 기껏 뽑은 국숫발들을 도로 뭉쳐버리고 싶은 충동이……

냉장고에 기대 세워둔 소반을 들어 접힌 네 다리를 펴고 행주로 훔칩니다. 국수 담을 대접을 찾아 행구어 받쳐놓고…… 미리 다져둔 쪽파와 고추에 조선간장 두숟갈, 물엿 반숟갈, 고춧가루 반숟갈, 들깨 반숟갈, 들기름 반숟갈을 넣고 골고루 섞어줍니다. 오늘 밤 아무래도 나는 서울로 올라가지 못할 것 같습니다. 국수 삶을 물을 냄비에 받아 가스레인지에 올리고 조금 지나 거실 괘종시계가 종을 여덟번 쳤으니 말이에요.

등 뒤에서 물 끓어오르는 소리가 들려옵니다. 당신은 여전히 아무 기척이 없고 국숫발들은 굳어가고 있습니다. 물 끓는 소리가 마치 내 안에서 들려오는 소리만 같아요. 비등점에 도달한 뭔가가 끓는 소리만.

솥뚜껑을 열자 김이 막 부화한 흰나비 떼처럼 날아오릅니다. 언젠가 텔레비전에서 봤던, 밑동밖에 남지 않은 나무에서 나비 떼가 연기처럼 피어오르던 장면이 겹쳐 떠오르면서 머릿속이 멍해집니다. 가지가 다 잘려 잎도 꽃도 못 피우고 열매 또한 당연히 맺지 못하는 나무 밑동이 나비 떼를 날려보내는 장면은 그야말로 장관이었지요. 그런데 만약 그 나무가 온전한 나무였다면, 그나마 남은 밑동 속이 동굴처럼 비어 있지 않았다면, 그 많은 나비를 품을 수 없었겠지요. 나무 밑동에서 날아오른 나비들은 뒤한번 돌아보지 않고 코발트빛 여명 속으로 흩어졌지요.

김이 한풀 꺾이기를 기다렸다 국숫발을 한움큼 손으로

잡아 들어올립니다. 메말라 뻣뻣해진 국숫발들을 흩뿌리 듯 끓는 물 속으로 뿌려 넣습니다. 엉키지 않게 국자로 국 숫발들을 휘휘 저어주다 또 한움큼…… 흰 거품이 부르르 끓어 넘치려는 순간 가스레인지 불을 조금 줄이고 국자로 휘—

밀가루로 반죽을 개고 국숫발을 뽑아 삶기까지 아주 오랜 시간이 흐른 것 같습니다. 인류가 국수를 만들어 먹 기 시작한 게 기원전 이천년부터라던가요. 황하 유역에서 기원전 이천년의 유적이 발견되었는데, 국수의 존재를 추 정할 수 있는 가장 오래된 유적이라지요. 밀이 아닌 수수 를 가루로 빻아 뽑은 국수였다 했습니다.

달걀지단이라도 만들어 생색을 내고 싶은 마음을 꾹 누릅니다. 당신이 끓여 내놓던 국수와 별다르지 않은 국 수를 한그릇 당신에게 대접하고 싶었으니까요. 당신의 국 수보다 소박할 것도, 화려할 것도 없는 국수를 말이에요. 국수와 양념장만 올린 소반을 불끈 들고 부엌 문지방을 건너갑니다. 미닫이문에 소반 가장자리가 스치면서 간유 리가 출렁 요동칩니다.

언제 깼는지 당신은 티브이를 등지고 오도카니 앉아 있습니다. 어쩌면 당신은 내내 깨어 있었던 것이 아닌지…… 소금알들이 물속에 녹아드는 소리를, 밀가루에 소금물을 부어가면서 치대고 주무르는 소리를, 반죽을 주물러대는 소리를, 밀개로 반죽을 미는 동안 나무도마가 떠걱떠걱 흔들리는 소리를, 기저귀처럼 개킨 반죽을 부엌칼로 슥슥 써는 소리를, 솥에서 국숫발들이 끓어오르는 소리를, 소반 접힌 네 다리를 차례로 펴는 소리를 잠자코 듣고 있었던 것은 아닌지.

국수를 다 끓였구나……

당신이 흐트러진 머리를 매만지면서 소반에 다가앉습니다. 숟가락을 쥐더니 양념장을 떠 국수 대접으로 가져갑니다. 양념장이 고루 섞여들게 버무리듯 국수를 뒤적여줍니다. 젓가락으로 바꾸어 쥐고 뒤적이다 국수를 건져올립니다. 국숫발 서너가닥이 젓가락에 딸려 올라옵니다.

당신의 입이 벌어지기 전에 애써 들어올린 국숫발들이 주르륵 흘러내립니다. 간신히 걸쳐 있던 한가락의 국숫발마저도 흘러내립니다. 아무래도 당신의 혀가 국숫발을 감당할 자신이 없는 듯해서 나는 숟가락을 집어듭니다. 국숫발들을 뚝뚝 끊기 시작합니다. 오래전, 당신이 내게 처음 끓여준 국숫발들을 숟가락으로 뚝뚝 끊어냈듯 말이에요. 뚝뚝, 뚝.

옥천 가는 날

강변북로는 극심한 정체였다. 토요일 오후인데다 모레인 월요일이 현충일로 모처럼의 연휴였다. 명절 대이동까지는 아니어도 지방으로 가는 차들이 쏟아져나왔다. 그녀들이 타고 있는 차는 이제 겨우 강변북로로 접어들고 있었다. 바짝 붙어 앉아 어깨가 겹치듯 맞닿았지만 그녀들은 떨어지려 하지 않았다. 강변북로를 벗어난대도 톨게이트까지 얼마나 막힐지 몰랐다. 그러잖아도 정숙은 오늘 하루 서울을 빠져나가는 차량이 사십삼만대에 달할 거라는 뉴스를 들었다. 행주로 식탁을 훔치면서였나, 보온밥솥 코드를 빼고 수족관을 향해 돌아서던 순간이었나…… 그녀의 눈꺼풀이 젖은 이파리처럼 처지면서 머릿속에 수족관 속 풍경이 펼쳐졌다.

그녀의 집 거실과 주방 사이에 칸막이처럼 놓여 있는 수족관은 새끼 금붕어들로 바글거렸다. 아직 온전한 빛깔을 갖추지 않은, 그래서 오히려 움직임에 따라 변화무쌍한 빛깔을 띠는 새끼 금붕어들은 자디잘게 자른 비닐조각들 같았다. 보름 전 수족관 바닥에 깔아둔 인공 바위들 틈에서 부화해 앞다투어 떠올랐을 때만 해도 새끼 금붕어는 쉰마리 가까이 됐다. 응결하듯 모였다 흩어졌다, 떠다닌다기보다 나불나불 날아다니는 것 같은 새끼 금붕어들로 인해 수족관은 그야말로 천변만화하는 만화경 같았다. 그런데 새끼 금붕어가 한두마리씩 줄어드는 것 같더니 어느 날 눈에 띄게 줄어 있었다. 죽은 새끼 금붕어 사체가 떠다니는 것도 아니어서 의아했지만 그녀는 그 까닭이 짐작조차 가지 않았다. 어미 금붕어가 무심히 주둥이를 벌리고 제 새끼를 삼키는 장면을 우연히 목격하고서야 그 까닭을 알았다.

"배가 고팠나보구나……"

옹알이하듯 중얼거리는 어머니의 입에는 흰 빨대가 촉수처럼 물려 있었다. 그즈음 어머니는 쌀뜨물 같은 죽을 빨대로 빨아 식도로 넘기면서 버티고 있었다.

"배가 고프다고 제 새끼를 잡아먹어요?"

"세상천지에 새끼밖에 잡아먹을 게 없었나보지."

"엄마도 참, 아무리 그래도…… 어미 배 속이 무덤이 될 줄 새끼들이 몰랐겠지요?"

"어미 배 속만 한 무덤도 없지……"

그뒤로도 새끼 금붕어는 눈에 띄게 줄어 스무마리 남 짓밖에 남지 않았다. 사료를 넉넉히 주었지만 어미 금붕 어는 여전히 새끼들을 집어삼켰다. 눈송이처럼 하얀 주둥 이를 벌리고 은빛 지느러미를 한가로이 흔들면서. 불어터 진 사료들이 부유하면서 수족관 물만 탁해졌다.

"마포대교는 지났나?"

정숙이 중얼거리는 소리에 애숙은 대꾸가 없었다. 그녀 는 아까부터 어머니를 멀거니 바라보고 있었다. 막내딸이 자신을 그렇게나 바라보는 걸 모르는 듯 어머니는 기척조 차 없었다. 미역 같은 커튼이 드리워져 있어서 그녀들에 겐 차창 밖 풍경이 들어오지 않았다. 강변북로가 얼마나 막히는지, 어디쯤을 지나고 있는지 넘겨짚을 뿐이었다.

"언니, 이제야 엄마를 모시고 옥천에 가네……" 애숙이 손으로 자신의 목을 감싸쥐더니 어깨가 들썩이도록 숨을 크게 토했다. "눈만 뜨면 옥천에 가고 싶어하시더니……"

"그러게, 옥천에 꼭 한번 모시고 내려가겠다고 약속했 는데……"

"옥천 갈 날만 기다리셨어……"

애숙의 눈 밑 미더덕처럼 부어오른 살이 경련하며 오 그라들었다.

"가는 날이 장날이라더니 그 말이 딱 맞네."

목소리를 죽이고 조곤조곤 말을 나누면서도 그녀들은 어머니를 바라보느라 서로에게 눈길조차 주지 않았다. 정숙이 문득 등을 지고 있는 차창 쪽으로 고개를 돌리더니 손가락으로 커튼 자락을 조금 들췄다. 커튼이 차단하고 있던 빛이 쏟아져들었다.

"몇시였더라?"

애숙이 고개를 외로 떨어뜨리고 자신의 발을 쳐다봤다. 그녀는 앞뒤가 트인 샌들을 신고 있었다.

"두시 조금 넘어서였지……"

정숙이 커튼 자락을 손가락으로 꽉 움켜잡았다 놓았다.

"내가 언니한테 전화한 게……"

"열한시쯤이었지."

"시계 볼 정신도 없었네…… 그러게 내가 뭐랬어? 몸이 아래로 축축 처지는 게 멀지 않은 것 같다고……"

애숙은 어머니를 일으켜 앉히느라 자신이 얼마나 진땀을 뺐는지 새삼 떠올렸다. 겨우 삼십육 킬로그램 남짓 나가던 어머니의 몸은 누워서도 땅거미처럼 까라졌다.

"어떻게 너 혼자 했니?"

정숙이 애숙의 전화를 받고는 택시를 타고 달려왔을 때 어머니는 이미 옥천에 내려갈 채비를 마치고 조용히 그녀를 기다리고 있었다. 그녀가 도착할 때까지 기다리지 못하고 애숙 혼자 어머니의 옷을 갈아입힌 것이었다.

"언니가 언제 올 줄 알고."

"택시 타면 이십분 안짝인걸."

"어제 들르겠다더니…… 올 줄 알고 기다렸잖아."

"어제 네 형부가…… 아니다……"

정숙은 어머니에게 뻗던 손을 거둬들였다.

"오늘 당숙모가 어머니 보러 오겠다고 했는데…… 깜박했네."

"여태 안 다녀가셨어?"

"누가 모시고 와야 오지 혼자는 못 오시겠나봐."

"만우는 들어왔나?"

만우는 당숙모의 큰아들이었다. 베트남에서 사업을 한다는 소식을 들은 게 대여섯해 전이었다. 나이가 정숙보다는 아래였고 애숙보다는 위였다.

"못 들어온 지 꽤 되나봐. 사업이 어려운지 전화도 통 없는 것 같더라. 만우 오빠 때문에 당숙모가 속 꽤 썩었지. 만우 오빠…… 그 언니는 여전히 보험 하지?"

"나도 보험 하나 들어줬지 뭐니."

"그래? 난……"

애숙은 말끝을 흐리고 고개를 저었다.

"보험 들어달라고 우리 집까지 찾아왔더라. 큰어머니 돌아가셨을 때 보니까 장례식장서도 보험 팔고 다니던데."

"큰어머니 돌아가신 지 삼년 넘었지?"

"그렇지…… 아무리 그래도 장례식장에서까지 보험을 팔고 다닐까."

"누굴 붙들고 그렇게 보험을 팔았을까?"

"명우 처를 붙들고 앉아 한참을 떠들기에, 뭔 얘기를 그렇게 하나 했더니 보험 얘기더라."

"그 언니가 명우 처를 언제 봤다고?"

"그러게 말이다. 결혼식 때나 봤겠지. 얘, 명우 처가 초등학교 선생이라고 했니?"

"정식 선생이 아니라 방과 후에 학원에 안 가고 학교에 남아 있는 애들 돌보는 선생이라던걸."

"어쩐지, 선생 며느리를 다 얻는다고 작은어머니가 자랑하고 다닐 때부터 나는 이상하더라. 명우가 직장이 번듯한 것도 아니고, 그렇다고 인물이 훤칠한 것도 아니고……"

"그래서 엄마가 작은어머니를 별로 안 좋아했잖아, 쓸데없이 허세가 있다고."

운전기사가 전화 통화하는 소리가 들려온 것은 그때였

다. 누가 먼저랄 것 없이 그녀들은 시무룩하게 입을 다물었다. 누구와 하는 통화인지는 모르겠지만 옥천 어쩌고 하는 것 같았다.

고속도로가 아무리 막혀도 그녀들과 어머니는 네다섯 시간 뒤면 옥천에 도착할 것이다. 해가 길어졌다지만 세시가 넘었으니 옥천에 들어설 즈음에는 날이 어둑어둑할 것이었다.

"애숙아, 난 오년 만이다."

"언니, 난 칠팔년은 된 것 같아. 옥천이 멀리 떨어진 섬도 아닌데 왜 그렇게 못 가봤을까?"

"옥천도 변했겠지?"

"옥천이 변하면 얼마나 변했을까."

"안 변하는 게 없는 세상인데 옥천이라고 그대로겠니."

자신들이 옥천 얘기를 나누는데도 내내 아무 말이 없는 어머니를 바라보며 정숙이 신음을 토했다.

"애숙아, 엄마가 누굴 찾지는 않으셨니?"

"누굴?"

"누굴……"

"누굴 찾고 말고 할 정신이나 있으셨나?"

"아버지는 성우를 그렇게나 찾으셨지……"

성우는 애숙 바로 아래 남동생이었다.

"아버지가 그러셨어?"

"군대 가 있는 성우만 찾으시니까 괜히 서운하더라……"

정숙은 무릎 위 손가방에서 휴대전화를 꺼냈다. 전원을 눌렀지만 배터리가 다됐는지 검게 꺼진 액정 화면에는 불이 들어오지 않았다.

"모르지 또, 엄마가 누굴 찾으셨는지도……"

애숙이 졸린 듯 눈꺼풀을 감았다 떴다.

"언니, 내가 그랬어…… 엄마한테 그만 가시라고……"

애숙이 그렇게 중얼거린 것은 마포대교와 원효대교 사이 구간을 지날 때였다. 원효대교 쪽으로 갈수록 차가 더 밀렸다. 시속 이십 킬로미터를 간신히 유지하던 속도가 어느 순간 영으로 떨어졌지만 그녀들은 느끼지 못했다.

"어제도 내가 엄마 손에 로션을 발라주다 말고 뼈만 앙상한 두 손을 꼭 붙들고 그랬어. 엄마, 그만 가……"

그 순간 다투듯 클랙슨 소리가 들려왔다. 무표정에 가깝던 애숙의 얼굴에 파문 같은 경련이 일며 풀어져 있던 초점이 돌아왔다.

"병원비가 백육십만원 나왔다고 했니?"

"백팔십오만 사천원이던가? 영수증을 어디에 뒀더라……"

애숙이 내내 한 손에 꼭 쥐고 있던 살구색 지갑 지퍼를 열더니 뒤적뒤적했다. 무심히 지갑 속을 들여다보던 정숙의 미간에 주름이 잡혔다. 천원짜리와 만원짜리 지폐, 신용카드 영수증 등이 뒤섞여 들어 있어 지갑 속은 어수선했다.

"이건 언제 쓴 거지?"

애숙이 영수증을 한장 꺼내 펼쳤다. 접힌 틈새에 껴 있던 백원짜리 동전이 정숙의 발치로 떨어졌다. 정숙이 몸을 수그리고 동전을 집어들었다. 생전 처음 보는 물건인양 그것을 빤히 바라보다 애숙에게 건넸다.

"칠천오백원? 쓴 기억이 없는데……" 애숙은 고개를 갸웃거리다 영수증에 찍힌 날짜를 살폈다. "5월 27일이면……?"

"엄마 말이 맞는지도 모르지……" 정숙은 어미 금붕어가 새끼를 삼키던 장면이 떠올라 말을 하다 말고 허탈하게 웃었다.

"삼부마트? 기저귀 산 영수증인가?"

"잡아먹을 게 자식밖에 없어서인지도……"

"기저귀는 아닌데?"

"자식밖에……"

서로의 말이 물과 기름처럼 겉돌았지만 그녀들은 신경쓰지 않았다. 운전기사가 에어컨을 켰는지 차 안에 냉기가 감돌았다.

"진작 좀 틀어주지." 애숙이 운전석 쪽을 흘끗 바라봤다.

"난 더운 줄도 모르겠다."

"우리보다 엄마가……"

"그래……" 정숙은 어머니의 발로 손을 뻗었다. 발등과 발목을 어루만지다 발가락을 감싸듯 움켜잡았다.

"그새 많이 부었네……"

"언니는 아무렇지 않나봐?"

"엄마잖아……"

정숙의 손은 그새 어머니의 무릎을 쓰다듬고 있었다.

"연세가 어떻게 되신데요?"

내내 무심하던 운전기사가 심드렁히 물어왔다. 운전기사는 반백의 늙수그레한 사내였다.

"아흔둘요……" 정숙이 손을 거둬들이고 마지못한 듯 중얼거렸다.

"아흔 넘으셨으면 뭐…… 엊그제는 새벽 세시에 목포에 내려갔다 왔는데, 서른아홉살이라던가? 목포 도착하니까 날이 환하게 밝아 있지 뭐예요. 그때는 나 혼자 태우고 내려갔는 걸요."

"아저씨 혼자요?" 애숙은 눈을 동그랗게 떴다.

"오히려 편해요."

"무섭지도 않으신가봐요."

"산 사람이 무섭지 죽은 사람이 무서워요? 강도 짓을 해도 산 사람이 하지, 죽은 사람이 하는 거 봤어요?" 운전기사가 말끝에 코웃음을 쳤다.

"아저씨는 이 일을 오래 하셨나봐요?" 잠자코 듣고만 있던 정숙이 물었다.

"이십년 가까이 골프장 사장 차를 몰았는데 나이 드니까 냄새난다고 싫어합디다. 개인택시를 사려고 했는데 넘버 가격이 올라서 살 수가 있어야지요. 한 일년 영업용택시 몰다, 병원 원무과에 있는 조카가 넣어줘서 십년 넘게 하고 있네요."

"조카를 잘 두셨네요."

"잘 둔 건지……" 운전기사는 허탈하게 웃었다.

"팬티 산 영수증인가보네."

겨우 기억해내고는 손으로 머리를 긁적이는 애숙을 정숙은 샐쭉이 쳐다봤다.

"면팬티 석장을 만원에 팔지 뭐야. 그래서 분홍색 두장하고 살구색 한장 샀지. 새 팬티인 걸 알고 엄마가 죽어도 안 갈아입으려고 하지 뭐야. 아껴뒀다가 나나 입으라고……"

"엄마도 어지간하다. 그깟 팬티 한장에 얼마나 한다

구…… 하긴 요즘이야 팬티가 흔해터졌지만 어디 우리가 클 때만 해도 그랬니? 해질 때까지 입다가 것도 아까워 걸레로 썼잖아."

동작대교 못 미쳐 속도가 또다시 영으로 떨어졌다. 운전기사가 급브레이크를 밟는 순간 어머니의 몸이 뒤척이듯 흔들렸지만 그녀들은 앞으로 쏠리는 몸의 중심을 잡느라 미처 보지 못했다.

반포대교를 지나서야 정체가 조금 풀리며 차에 속도가 붙었다. 한남대교로 접어들자 속도가 조금 더 붙었다.

"톨게이트는 지났나?"

이제 겨우 한남대교를 건너고 있는 걸 모르고 정숙은 중얼거렸다. 커튼을 들추고 차창 밖을 내다봤다. 평일이었으면 벌써 톨게이트를 지나 고속도로를 내달리고 있을 것이었다. 천안 지나고 대전 지나면 금방 옥천이었다. 줄지어 선 차들 너머 한강이 그녀의 시야에 들어왔다.

"애숙아, 아직도 서울이다."

"고속도로 아니었어?" 졸음에 겨워 애숙의 목소리는 가물가물했다.

"웬일이라니…… 무슨 차가 저렇게 많다니?"

"옥천 가는 차들인가보네……" 감기는 눈꺼풀을 애숙

은 억지로 떴다.

"옥천······?"

"응, 옥천······" 애숙은 저린 발을 샌들에서 빼내, 남보라색 천이 깔린 바닥에 내려놓았다.

"아무려면 저 차들이 다 옥천 가는 차들일까······"

정숙은 커튼을 조금 더 들추고 차창에 이마와 뺨을 댔다. 얼굴이 일그러지면서 그녀는 원래보다 늙고 초라해 보였다.

"하기야 다는 아니겠지만 저 중에 옥천 가는 차도 있겠지?"

"있겠지······"

애숙이 눈을 꼭 감은 채로 중얼거렸다.

"차들이 저렇게나 많은데 옥천 가는 차가 한대라도 있겠지?"

"그러게······"

애숙의 다리가 힘없이 풀어지면서 두 발이 어머니 쪽으로 미끄러졌다.

"애숙아, 저 차도 옥천 가는 차였으면 좋겠다." 그러나 정숙은 손으로 그 어떤 차도 가리켜 보이지 않았다. "저 차 말이야······"

"으응······"

"얘. 어쩐지 옥천 가는 차일 것 같다…… 애숙아, 저 차는 옥천에 무슨 일로 가는 걸까?"

커튼 자락을 움켜쥔 손가락들을 풀면서 차창에서 고개를 거두는 정숙의 발에 애숙의 샌들이 걸렸다. 그녀는 자신의 발에 걸려 뒤집힌 샌들을 물끄러미 내려다봤다. 오 센티미터쯤 되는 두툼하고 투박한 굽은 긁히고 닳아 있었다. 그녀는 샌들로 손을 뻗었다. 꾸벅꾸벅 조는 애숙의 발 옆에 샌들을 가지런히 놓았다.

사이렌 소리가 나더니 갑자기 속도가 났다. 여기저기서 클랙슨 소리가 아우성처럼 들려왔다. 애숙의 머리가 시든 꽃처럼 푹 수그러졌다.

"아이고, 아저씨, 천천히……" 정숙의 목소리가 갈라져 나왔다.

"세월아 네월아 어느 세월에 옥천에 가려고요?" 운전 기사가 퉁명스럽게 맞받아쳤다.

"그냥 천천히 가세요……"

속도가 줄어드는가 싶더니 사이렌 소리가 잦아들었다. 애숙이 그제야 화들짝 놀라 깨어나며 머리를 들었다.

"언니, 옥천이야?"

그녀는 손으로 메마르고 핏기 없는 입을 훔치면서 눈

을 휘둥그레 떴다.

"옥천은 무슨…… 아직 멀었다."

"난 또…… 옥천에 다 왔나 했네." 애숙은 자잘한 꽃무늬가 인쇄된 블라우스를 매만지며 샌들에 발을 꿨다. "잠을 못 자서 그런지 몸이 까라지네…… 어제, 몸은 천근인데 이상하게 잠이 안 오더라구. 새벽 다섯시가 다 돼 겨우 잠들었는데 엄마가…… 언니, 엄마도 아시겠지? 아무 말씀 없으셔도…… 우리가 옥천에 모시고 내려가는 중이라는 걸 아시겠지?"

"그러게……" 정숙은 묻는 눈빛으로 어머니를 바라봤다.

"언니가 하루만 시간 냈어도 엄마 모시고 옥천에 다녀왔을 텐데…… 자고 오자는 것도 아니고 그날 갔다 그날 오자는 거였는데……"

"애, 남 애 봐주는 게 그렇게 쉬운 일인지 아니? 남 애하나 보느니, 내 애 열 보는 게 낫지. 애 엄마가 하루도 휴가를 낼 수 없다는데 어쩌니? 어찌나 까다로운지 애가 열이 조금만 올라도 난리다. 저번에는 애 이마에 멍이 살짝들었는데 나 듣는 데서 친정엄마한테 전화하더니 울고불고 난리도 아니었다. 관두려다 애하고 든 정이 있어서 참았지 뭐니?"

"참, 내가 얘기했나? 엄마가 글쎄, 몰래 꼬불쳐둔 돈까지 내놓더라. 옥천 내려갈 때 그 돈으로 차비 하라면서…… 차비가 없어서 우리가 못 모시고 내려가는 줄 아셨나?"

정체가 심해 답답한지 운전기사가 연거푸 한숨을 토했다.

"언니, 구정 지나고 우리가 시간을 어떻게든 내서라도 엄마를 옥천에 모시고 내려갔어야 했어……"

"내가 억지로 하루 짬을 낸다고 해도 고속버스 타고 내려간다는 게 말이 되니? 일어나 앉는 것도 간신히 하는 엄마를 모시고…… 차로 움직이면 모를까. 너든 나든 운전을 할 줄 알아야 차로 모시고 내려가지. 그렇다고 사위들이 살가워서 모시고 내려가줄 것도 아니고…… 우리 속이나 안 썩이면 다행이지……"

"계약이 언제까지라고 했어?"

"계약?"

"애 보는 거."

"이년 계약했는데 9월이면 끝난다. 애 엄마가 일년 더 연장하자고 할지 말지 모르겠다."

"언니, 엄마는 옥천이 뭐가 그리 좋아서 그렇게나 가고 싶어했을까?" 애숙은 스스로에게 문득 나직이 중얼거렸다.

"옥천 말고 갈 데도, 떠오르는 데도 없었나보지, 옥천 말고는……"

"엄마…… 옥천 가니까 좋으세요?" 애숙이 보채듯 물었지만 어머니는 역시나 아무 말이 없었다. "옥천 가니까 좋으시냐구요?"

"엄마, 애숙이가 묻잖아요. 옥천 가니까 좋으시냐고……"

정숙과 애숙의 입이 다물리며 그녀들의 고개가 서로 다른 곳을 향했다. 차들이 밀물처럼 몰리는 톨게이트를 통과해 고속도로에 들어설 때까지 그녀들은 그렇게 고속버스에서 우연히 옆에 앉은 낯모르는 승객들처럼 서로의 얼굴을 바라보려 하지 않았다.

"내가 나쁜 딸이지, 멀쩡한 엄마를 치매 노인으로 만들었으니……"

"어디 그러고 싶어서 그랬니? 사정이 그런 걸 어쩌니."

"아무리 사정이 그랬어도……"

"그렇게라도 네가 엄마를 모셨으니 다행이지……"

"다들 아는 눈치던걸, 뭐."

애숙은 괜히 지갑 지퍼를 열었다 닫았다 했다.

"왜? 누가 뭐라든?"

"순자 언니가……"

순자는 큰이모의 딸로 정숙과는 동갑이었다.

"순자가 뭐라든?"

"한달 전인가 큰이모 모시고 다녀갔었잖아…… 나보고 요양급여가 다달이 얼마나 나오느냐고 묻더라구."

"걔는 하여간 오지랖도 넓다. 보나 마나 죽집에서 파는 죽 한그릇 달랑 사들고 왔겠지. 엄마가 순자 걔한테는 얼마나 잘했니? 제 남편 중동 갈 때 엄마가 작은외삼촌에게 부탁해 신원보증도 서주고 했는데……"

"신원보증을?"

"순자 남편 큰아버지 되는 이가 월북을 해서 신원보증이 필요하다고 해서…… 순자 남편 말이야, 젊어서는 인물이 그렇게 좋더니 중동 가서 더운 모래 바람을 쐰 탓인지 볼품없이 늙었더라."

"틀린 말도 아니지 뭐. 다달이 나오는 돈이 아니었으면 내가 어머니 모실 엄두나 냈겠어?"

옥천서 혼자 살던 어머니를 애숙이 서울로 모셔온 것은 이년 전이었다. 어머니가 밥도 근근이 해 먹을 만큼 노쇠해 자식들 중 누군가는 모셔야 했다. 외며느리인 성우 처가 어머니 모시는 걸 대놓고 부담스러워하기도 했지만 막내딸인 애숙이 굳이 나서서 어머니를 모신 데는 그럴 만한 사정이 있었다. 그즈음 그녀는 요양보호사자격증을 땄는데, 친부모를 돌봐도 동거가족케어라고 해서 요양급여가 지급된다는 걸 알게 됐다. 그녀는 어머니를 모셔오자마자 국민건강보험공단에 요양인 신청을 했다. 담당직원이 조사를 나오던 날, 밥상을 앞에 두고 어머니에게 단단히 이르던 게 애숙은 오늘 아침 일처럼 생생하게 떠올랐다.

"엄마, 무조건 말귀를 못 알아듣는 척해야 해요."

"말귀를……?"

숟가락을 국그릇으로 가져가다 말고 어머니가 멀거니 그녀를 바라봤다.

"치매 걸린 노인네처럼 말이에요."

나이가 많다고 해서 요양인 신청이 되는 게 아니었다. 치매 걸린 노인의 경우 백 프로 요양비가 지급되는 까닭에 그녀로서는 어쩔 수 없었다.

"딸년이 멀쩡한 어미를 천덕꾸러기 치매 늙은이로 만들려고 하네."

"엄마, 그래야 나라에서 돈을 줘요."

"돈을? 돈을 얼마나 주는데."

"반찬값하고 다달이 나오는 세금 낼 돈은 떨어져요."

"그러냐……?"

그때만 해도 어머니는 콩나물도 다듬어주고 빨래도 개어줄 만큼 기력이 있었다. 그런데 해가 바뀌고 날이 풀리면서 기력이 급격히 쇠해지더니, 생신날 구급차를 불러

응급실에 실려갈 만큼 심한 토사곽란에 시달렸다. 그녀는 어머니가 체한 줄로만 알았다. 걸신들린 듯 기름진 잡채와 전을 허겁지겁 집어 드시더니 하고 괜히 어머니에게 한소리를 했다. 어머니는 응급실에서 꼬박 하루를 보내고 입원실로 올라갔다. 이런저런 검사 결과 담낭에서 종양이 발견됐다. 구순 넘은 노인네라 마취가 위험할 수 있어서 수술도 못하고 병원에서 꼬박 석달을 입원해 있었다. 정숙이 애 보는 일을 해서 애숙은 혼자 어머니를 간병해야 했다. 지방에 살고 있는 형제들은 주말에나 겨우 올라와 길어야 반나절 머물다 가버렸다. 그녀는 병원이라면 입에 문 밥도 뱉고 싶을 만큼 넌덜머리가 났다.

애숙이 자신의 목덜미를 어루만지던 손을 어머니 쪽으로 뻗었다.

"언니…… 나는 우리 엄마가 아닌 것 같아."

어머니의 얼굴 위에서 머뭇거리던 그녀의 손가락이 바르르 하고 떨렸다.

"양말 한장 못 챙겨왔네."

애숙이 새삼 자신의 옷차림을 살폈다. 집에 가서 옷을 갈아입고 올 새도 없이 출발한 탓에 설거지하다 말고 집을 뛰쳐나온 차림 같았다. 그녀는 손을 목 뒤로 가져가 머리를 질끈 묶은 고무줄을 풀었다. 입에 고무줄을 물고, 파마기 풀린 머리카락을 손가락으로 빗어내렸다.

"제부한테 전화해서 내려올 때 좀 챙겨오라고 해라."

"자기 옷이나 제대로 챙겨 입으면 다행이지……"

"애숙아, 그래도 제부가 한때나마 돈을 얼마나 잘 벌었니?"

"페인트 기술자가 별로 없었던데다 기술이 좋았으니까…… 그럼 뭐 해 언니, 인간이 성실하지 않은데. 돈 쓰는 건 또 오죽 좋아해."

그때 애숙의 휴대전화가 울렸다. 받기 싫은 전화인 듯 그녀는 인상을 구기고 휴대전화를 귀로 가져갔다.

"아직 멀었다…… 차가 막히는 걸 어쩌니. 그래…… 그래…… 옥천 톨게이트로 빠지지 말고 판암? 판암 톨게이트로 빠지라구? 판암 톨게이트로 빠져서 우회전…… 옥천 방향으로 계속 달리다보면…… 포도나무가든? 포도나무…… 그래…… 삼거리에서 우회전? 오분만 달려가면…… 그래……"

휴대전화 폴더를 소리 나게 닫는 그녀를 정숙이 묻는 눈빛으로 쳐다봤다.

"옥천 톨게이트로 빠지지 말고 판암 톨게이트로 빠지라네."

"판암은 대전 아니니?"

"그러게?"

애숙은 운전석 쪽으로 고개를 돌렸다.

"저기요, 아저씨……"

그녀가 부르는 소리를 못 들었는지 운전기사는 대꾸가 없었다.

"기사 아저씨가 더 잘 아시겠지……"

"성우가 그러는데 옥천 톨게이트로 빠지기 십상이라네. 그럼 더 돌아가나봐."

"돌아가면 얼마나 돌아간다구."

"하긴, 돌아가면 엄마는 더 좋겠네. 옥천 구경 실컷 하구……"

그때 애숙의 휴대전화가 또다시 울렸다. 알았다는 말을 내뱉고 퉁명스레 그녀는 전화를 끊었다.

"큰언니는 벌써 왔다네."

"큰언니야 청주니까 금방이지."

"언니 휴대전화로 여러번 걸었나봐. 왜 전화를 안 받느냐고 성우한테 짜증을 부리나봐."

"큰언니는 하여간. 내가 안 받으면 너한테 전화하면 될걸."

정숙은 혀를 찼다.

"큰언니가 생전 나한테 전화하는 줄 알아?"

"큰언니는 왜 그런다니?"

"다 알면서. 돈 때문이지 뭐……"

그녀는 그깟 돈 오백만원이 뭔가 싶었다. 십년 전 그녀
는 큰언니에게서 오백만원을 얻어 쓴 적이 있었다. 사정
사정을 해 큰형부 모르게 얻어 쓴 돈이었다. 할 줄 아는
거라고는 페인트칠뿐인 남편이 인테리어 사무실을 차린
다고 고집을 부려서 사무실로 쓸 상가를 임대 받느라 보
증금이 필요했다. 일년 뒤에 갚기로 한 오백만원을 그녀
는 갚지 못했다. 인테리어 사무실은 그녀가 우려한 대로
남편과 어울리는 백수들의 소굴이 됐다. 큰언니는 동기
간일수록 신용을 칼같이 지키고 살라면서 그녀를 몰아붙
였다. 일부러 안 갚는 것도 아니고 사정이 안돼서 못 갚는
자신을 닦달하는 큰언니가 그녀는 서운했다. 더구나 큰언
니는 자매들 중 형편이 가장 넉넉했다. 세 자매 중 유일하
게 고등학교까지 나오고, 초등학교 선생을 남편으로 얻었
다. 그녀는 하도 속이 상해 어머니에게 털어놨고, 결국에
는 그 돈을 어머니가 대신 갚아줬다. 그 돈이 아버지 장례
를 치르고 남은, 어머니가 애지중지 아끼던 돈이라는 사
실을 알고 애숙은 큰언니와 전화로 심각하게 다퉜다. 누
가 먼저랄 것 없이 동기간 연을 끊자는 말을 마지막으로

통화를 끝낸 뒤 서로의 근황을 정숙을 통해 전해 들으며 남남처럼 지냈다.

"큰언니가 수고한다는 말 한마디 한 줄 알아?"

애숙은 서운했던 감정이 고스란히 복받쳐올랐다.

"내가 요양급여 타먹느라 억지로 어머니 모셨다고 생각하고 있을걸."

"큰형부가 오죽 자린고비니? 꼬장꼬장해가지고, 그 비위 맞추며 사느라 큰언니도 맘고생 많이 했지."

"순자 언니도 큰언니가 말해서 알았겠지."

"괜히 큰언니하고 얼굴 붉히지 마라. 우리가 앞으로 보면 얼마나 보고 살겠니? 큰언니도 내일모레면 칠순이다."

자신들과 어머니가 지금 고속도로 갓길을 내달리고 있다는 걸 그녀들은 알지 못했다.

휴게소에 들렀다 가자고 애숙이 운전기사에게 부탁한 것은 안성휴게소를 막 지나쳤을 때였다. 원래 말투가 그런지, 운전기사는 일찍 좀 말하지 그랬느냐고 볼멘소리로 투덜거렸다. 십분을 더 달려가서야 그는 휴게소라면서 그녀들과 어머니를 남겨두고 운전석에서 내렸다. 망향휴게소 간판을 보고서야 애숙은 아직 천안에도 못 미쳤다는 걸 알았다. 망향휴게소는 차와 사람들로 북적북적했

옥천 가는 날 101

다. 그녀가 차에서 내리다 말고 주춤한 것은 비몽사몽 꿈을 꾸고 있는 듯한 기분이 들어서였다. 귤색이 살짝 감도는 햇빛과 무심한 손길처럼 부는 바람, 휴게소 지붕 위에서 순두부처럼 몽글몽글 풀어지는 구름, 생전 처음 보는 사람들, 이명처럼 들려오는 웅성거림…… 그 모든 게 그녀에게는 더없이 비현실적으로 다가왔다. 벌떼처럼 바글거리는 사람들 속에 어머니가 서 있는 것 같은 착각마저 들었다. 딸들인 자신들을 향해 손을 흔들며.

"언니, 언니는 안 가?"

"너나 다녀와."

"같이 가지. 휴게소에 또 들를 것 같지 않은데."

"어머니 혼자 두는 게 그래서 그래……"

"물이라도 사다줄까?"

"커피나 사와라. 커피를 못 마셔서 그런지 머리가 멍하다."

휴게소 건물로 걸어가다 말고 애숙은 문득 고개를 돌려 뒤를 돌아다보고 구급차를 찾았다. 여태 함께 타고 왔으면서, 그녀는 어머니가 구급차에 타고 있다는 사실이 믿기지 않았다. 남색 승합차가 구급차 옆으로 미끄러지듯 다가와 섰다. 울긋불긋한 등산복 차림의 사람들이 우르르 내렸다. 그들은 생뚱맞게 서 있는 구급차를 흘낏 쳐다보면서 그녀 쪽으로 몰려왔다. 저이들이 알 리 없지, 저 안에 누가 타고 있는지 저이들이 알 리 없지……

생수와 캔커피를 사들고 애숙이 돌아왔을 때 정숙은 구급차에 없었다. 운전기사도 아직 돌아오지 않아 구급차를 어머니 홀로 지키고 누워 있었다. 자식들이 떠나고 아버지가 돌아가신 뒤 옥천 고향집을 스무해 넘게 혼자 지켰듯.

애숙은 구급차에 오르려다 말고 그 앞에 쪼그리고 앉았다. 정숙이 검정 비닐봉지를 흔들면서 걸어왔다. 애숙은 모르는 사람인 듯 정숙을 멀거니 바라봤다. 휴게소를 빠져나가려는 고속버스가 정숙 앞으로 그녀를 지우듯 지나갔다.

"저 차를 여기서 또 보네?"

흔들리는 정숙의 그림자가 애숙의 샌들 끝에 아슬아슬하게 걸려 있었다.

"어떤 차……?"

애숙이 고개를 들었다.

"아까 서울 톨게이트 빠지기 전에 만났던…… 옥천 가는…… 애숙아, 저 차도 옥천 가는 차 같지 않니?"

"옥천……?"

애숙은 옥천이 어딘지 모르겠다는 듯 말끝을 흐렸다.

"번호판에 충북이라고 써 있네……"

정숙이 신기해하면서 서울을 떠나온 뒤 처음으로 웃었다.

"언니도 참, 충북이 다 옥천인가? 청주, 제천 다 충북이잖아. 음성, 충주, 영동…… 진천도 충북이지?"

"아니야, 얘…… 어째 옥천 차 같아."

"어떤 차 말이야?"

"저기 저 차……"

"차가 한두대여야지."

"번호판에 충북이라고 써 있잖아."

그러나 애숙의 눈에는 주차돼 있는 차들이 덩어리 덩어리로 들어왔다. 그때 구급차 앞 흰색 승용차에서 매캐하고 뜨거운 열기가 불어왔다.

"뭐 샀어?" 애숙이 몸을 일으키며 물었다.

"양말. 너 신으라구……"

"애숙아, 옥천은 왜 옥천일까?"

구급차는 다시 고속도로를 달리고 있었다. 양말을 싼 비닐 포장을 벗기다 말고 정숙이 문득 애숙이 아니라 어머니를 바라보며 중얼거렸다.

"옥천은 언제부터 옥천이었을까?"

"언니도 참, 별 이상한 걸 다 묻네."

"사람들이 언제부터 그곳을 옥천이라고 불렀을까?"

그녀는 포장을 마저 벗겨내고 양말에 붙은 상표를 뗐다.

"그러게……?"

"사람들이 언제부터 옥천에 모여 살았을까?"

"………"

"엄마는 어쩌다 옥천 사람이 됐을까?"

그녀는 애숙에게 양말을 건넸다.

"옥천에 살다보니 옥천 사람이 됐겠지."

애숙은 양말을 발로 가져갔다. 살갗이 보풀처럼 일어난 발가락들을 손으로 매만지다 양말을 신었다.

"엄마가 서울서 살았으면 서울 사람이 됐겠지."

"언니, 이왕이면 검정색이나 흰색 양말로 사오지 그랬어. 연두색이 너무 튄다." 애숙은 괜히 투덜거리면서 남은 한짝을 마저 신었다.

"연두색이 튀니?"

"봐, 튀잖아."

애숙이 양말을 신은 두 발을 나란히 모아 들어 보였다.

"정말 그러네? 연두색이 튈 때도 있네."

정숙이 그 양말을 고른 것은 연두색이어서가 아니었다. 별생각 없이 골라든 양말이 하필이면 연두색이었던 것이다.

"외할아버지 고향은 파주라고 하지 않았어?"

"외할아버지 고향이 파주였대?"

"그렇게 들은 것 같은데…… 애숙아, 그럼 우리는 옥천 사람이니?"

"열일곱살에 서울에 올라와 내내 서울에서 살았으니 서울 사람 다 됐지 뭐."

애숙이 말을 하다 말고 휴대전화를 받았다. 마지못해 몇마디 대꾸하다 끊었다.

"성우니?" 정숙이 물었다.

"어머니만 오시면 된다네…… 작은집 식구들도 왔나 봐. 국을 육개장으로 낼지 다슬기국으로 낼지 묻네."

"다슬기국을 내놓는 장례식장도 다 있니?"

"옥천이라 그런가?"

"육개장보다 다슬기국이 낫겠다. 애숙아, 나는 장례식 장에 가면 육개장이 그렇게 먹기 싫더라. 벌건 기름이 둥 둥 떠다니는 게."

옥천에 장례식장을 예약해둔 것은 한달도 더 전이었다. 옥천을 평생 떠난 적 없는 작은아버지가 알아봐준 곳이었 다. 서너번 문상을 갔는데, 널찍하니 한갓져 차분히 장례 를 치르기에 좋다고 했다. 그때 그녀들은 어머니가 정말 돌아가시는 줄 알았다. 일주일 가까이 물 한방울 못 넘기더니 혼수가 와 애숙조차 알아보지 못했다. 어머니의 마지막을 지키기 위해 자식들이 전부 어머니 곁에 모여 밤을 지새우기까지 했다. 당장 돌아가실 것 같던 어머니는 그러나 조금씩 나아져 죽도 먹고, 텔레비전도 보고, 평소처럼 딸들과 이런저런 말도 나눴다. 뜬금없이 장떡에 나박김치가 먹고 싶다고 해서 정숙이 집에서 만들어오기도 했다. 그런데 오늘 새벽 애숙 혼자 지키고 있을 때 그만 그렇게 됐다. 상주인 성우는 직장 때문에 부산에 내려가 있었는데 어머니의 고향인 옥천에서 장례를 치르고 싶어 했다. 서울 애숙의 집으로 모셔오기 전까지 어머니 혼자 지키고 살던 고향집이 옥천에 그대로 남아 있는데다 장지인 선산 또한 옥천이었다. 친인척 대부분이 청주나 옥천 아니면 대전에 살았다. 그녀들은 내심 어머니가 입원했던 병원 장례식장에서 장례를 치렀으면 하면서도 상주의 결정에 따르기로 했다.

"내 정신머리 좀 봐. 엄마 옷보따리를 병원에 놓고 왔네."

정숙과 성우에게 전화를 넣고, 애숙은 혼자 곡을 하듯 질질 짜면서 어머니의 옷을 갈아입혔다. 어머니 몸에서 벗겨낸 속옷을 쓰레기통에 버리기 뭣해 장지에서 태우려고 챙겨뒀는데 깜박하고 병원에 두고 온 것이다.

"저기요, 아저씨, 옥천 톨게이트 말고 판암 톨게이트로
나가는 게 낫다고 하네요."

애숙은 갑자기 생각난 듯 운전석에 대고 말했다.

"그러려고 했어요."

"옥천을 잘 아시나봐요." 정숙이 물었다.

"잘 알긴요, 옥천은 처음이에요."

"처음이시라면서 어떻게 그렇게 잘 아세요?"

"귀 뒀다 뭐 해요. 아까 두분이 하는 얘기를 귀담아들었
으니까 알지, 어떻게 알겠어요."

"아저씨는 여기저기 많이 다니시겠어요."

"전국 방방곡곡 안 가보는 곳 없이 다니기야 하지요. 그
럼 뭐 해요. 송장 내려주자마자 서울로 정신없이 올라가
야 하는데."

운전기사의 입에서 튀어나온 송장이라는 말에 애숙과
정숙의 고개가 저절로 어머니를 향했다. 정숙은 빈 커피
캔을 어디에 내려놓지도 못하고 마냥 손에 들고 있었다.

"십년도 더 전이지? 대진고속도로가 개통되기 전이니
까…… 진해에서 왜 해마다 군항제가 열리잖아요. 송장
싣고 다섯시간을 달려 진해에 내려갔는데 아주 난리도 아
니더라고요. 벚나무마다 사람들이 소풍 나온 송사리 떼처

럼 모여 술판, 춤판을 벌이고 있더군요…… 배도 고프고 사람 구경, 벚꽃 구경도 하고 싶어서 도로 가에 구급차 세워놓고 배추전 한장 사 먹고 올라왔네요. 벚꽃 떨어지는 벚나무 아래서 먹어서 그런가, 집에서 마누라가 부쳐주는 배추전은 심심하기만 하고 그 맛이 안 나데요."

"애숙아, 나는 배추전을 엄마처럼 그렇게 얇고 보들보들하게 못 부치겠더라."

"언니, 나는 배추전을 무슨 맛으로 먹는지 모르겠어. 양념장에 찍어 먹는 맛으로나 먹을까. 엄마가 그렇게 좋아하는데 집에서 모시는 동안 배추전 한장 못 부쳐드렸네."

천안삼거리휴게소를 지나면서부터 정체는 조금씩 풀렸다. 조치원 조금 못 미쳐 정체가 완전히 풀려 마침내 제 속도를 냈지만 정숙은 어쩐지 구급차가 고속도로 한복판에 마냥 서 있는 듯했다.

"여기가 어디야?"

정숙은 차창에 머리를 기댄 채 커튼을 들추고 차창 밖으로 지나가는 풍경을 바라봤다. 그녀의 시야는 구급차가 달리고 있는 고속도로 너머 푸성귀 뭉치 같은 산까지 뻗어나갔다.

"뭘 그렇게 봐?"

"나무……"

"나무?"

"애숙아, 저기 새들이 날아간다……"

"………"

"새들이 날아가……"

"………"

"새들이 울면서 날아가……"

하지만 새들의 울음소리가 구급차에 타고 있는 그녀들에게 들려올 리 없었다.

"울면서 날아가……"

먼저 흐느끼기 시작한 쪽은 애숙이었다. 어머니를 모시고 출발하기 전 병원에서 이미 눈가가 짓무르도록 운 탓에 눈물이 바닥난 줄 알았는데 걸쭉한 눈물이 넘치듯 흘렀다. 울먹울먹하던 정숙도 흐느끼기 시작했다. 운전기사는 익히 보아온 장면인 듯 무심한 표정으로 고속도로를 뚫어져라 응시했다. 조금 전까지 고속버스들 틈에 끼어 일차선을 내달리던 구급차는 이차선을 달리고 있었다.

"언니, 꼭 여섯살짜리 여자애가 누워 있는 것 같지 않아?"

"그러게, 저 애기 같은 몸에서 사람이 일곱이나 났으니……"

정숙이 쭈뼛쭈뼛 몸을 일으키더니 시트로 손을 뻗었다. 시트를 끌어내리자 노란빛에 휩싸인 어머니의 고요한 얼굴이 드러났다.

"엄마, 옥천에 가니까 좋아요?"

"엄마, 언니가 묻잖아…… 옥천 가니까 좋으시냐고……"

구급차가 판암 톨게이트를 통과하기 전부터 경로를 이탈했다는 내비게이션의 경고가 울렸다. 운전기사가 혼잣말로 투덜거리며 내비게이션 전원을 껐다.

포도나무가든 앞 삼거리에서 구급차는 잠시 주춤하다 우회전 깜빡이를 넣었다. 적신호가 켜져 있었지만 구급차는 한시도 지체할 여유가 없다는 듯 삼거리를 통과했다.

정숙은 전원이 나간 사실을 깜박하고 혹시나 걸려온 전화가 없나 휴대전화 폴더를 열었다.

"삼우제는 마치고 올라가야지? 아버지 때 준규가 고삼이라 삼우제도 못 보고 올라간 게 나중에 그렇게 마음에 걸리더라. 그때는 애가 어느 대학을 갈지 밤낮 그 걱정만 하느라 제대로 슬퍼할 겨를도 없었지 뭐니. 그깟 자식이 뭐라고……"

그녀는 문득 어머니의 삼우제를 마치고 갔을 때 새끼 금붕어가 얼마나 살아남아 있을지 궁금했다. 어쩐지 어미 금붕어가 제 새끼를 전부 삼켜버려 한마리도 남아 있지 않을 것 같은 불길한 생각이 들었다. 어미 금붕어가 아무

렇지 않게 새끼 금붕어를 집어삼키는 광경을 목격하고도
그물 벽을 쳐주지 않는 자신이 새삼 이해되지 않았다. 그
물 벽이 얼마나 한다고…… 그물 벽에 어미 금붕어를 가
둬두면 새끼 금붕어들은 무사히 자랄 터였다.

"애숙아, 끔찍하지 않니?"

"뭐가?"

그때 구급차가 섰다. 운전기사가 시동을 켜둔 채 구급
차에서 내렸다. 구급차 뒷문이 덜컥 열리고 옥천성심장례
식장이라고 쓰인 간판이 애숙의 눈에 들어왔다.

"뭐가, 언니……"

"사람 새끼손가락만 한 금붕어가 새끼를 쉰마리 넘게
낳았다는 게……"

어머니에게 미처 묻지 못한 말을 그녀는 뒤늦게 애숙
에게 묻고 있었다.

모처럼 옥천에 내려온 어머니와 그녀들을 맞으러, 검은
옷을 차려입은 사람들이 어스름처럼 다가오고 있었다. 구
급차 우회전 깜빡이에는 여전히 불이 들어와 있었다.

아무도
돌아오지 않는
밤

*

　구릿빛 양은들통에서는 한무더기의 오리 뼈가 고아지
고 있었다. 오리 뼈에서 우러난 누리끼리한 기름이 엉겨
떠올라 장판지 같은 막을 만들어내는 동안, 거실과 부엌
은 천천히 어둠 속으로 가라앉았다. 부엌 맞은편 벽처럼
꼭 닫혀 있던 방문이 소리 없이 열리더니 노인이 감색 면
양말이 신긴 두 발을 질질 끌면서 나왔다. 노인은 두 발을
끌며 현관 쪽으로 움직여 갔다. 고개가 들려 있어서 노인
의 몸은 마치 허공에 대롱대롱 매달린 듯 보였다. 현관문
이 열리는 소리가 나는가 싶더니 한순간 노인이 지워지듯
사라졌다.
　현관문이 저절로 닫히는 동시에 영숙이 마법에서 풀려
난 듯 식탁 의자에서 몸을 일으켰다. 그녀는 부엌 형광등

스위치를 소리 나게 올렸다.

　가스레인지 화력을 최대한 미약하게 줄여놓아 들통 속 오리 뼈 국물은 하루하루 끈덕지게 지속되는 노인의 일상처럼 뭉근하면서도 집요하게 고아지고 있었다. 노인이 온종일 집 안에 틀어박혀 하는 일이란 오리 뼈를 고고, 전기문이나 성경을 필사하고, 아침저녁으로 티브이 뉴스를 시청하는 것이었다. 어스름이 내리기 시작하면 노인은 슬그머니 방에서 나와 산책을 다녀왔다.

　노인의 산책은 그다지 길지 않았다. 한시간 정도 집 근처 골목들을 배회하다 돌아왔다. 집에서 그리 멀지 않은 곳에 근력 운동용 기구들을 구비해놓은 근린공원이 있었지만 그곳을 찾아가지는 않는 눈치였다. 영숙은 노인이 변두리의 지저분하고 소란한 골목을 헤매고 다니는 이유를 알았다. 쓸모가 거의 다해 버려진, 그러나 노인의 눈에는 아직 쓸모 있어 보이는 고물 덩어리를 줍기 위해서였다. 노인은 기껏 주워 온 고물을 누구에게도 내보이지 않고 자신의 방 외짝 장롱 속에 차곡차곡 감추듯 쌓아뒀다. 마치 그것들이 사후에 자신의 쪼그라든 육신과 함께 땅속에 파묻힐 귀중한 부장품이라도 되는 듯. 스탠드, 액자, 시계, 그릇, 장난감 등등 낡고 찌그러지고 깨진 잡동사니들 속에 고요히 영원히 잠들어버린 노인의 모습을 머릿속으로 그려보던 그녀는, 자신도 모르게 고개를 가로저었다.

그녀는 현관 쪽을 흘겨보고 나서야, 국자로 들통 속을 휘저었다. 장판지가 찢기듯 기름이 엉겨 만들어진 막이 찢어졌다. 누리끼리하다 못해 푸르스름한 빛이 감도는 국물 위로 늑골과 목뼈, 엉치뼈, 등뼈 등속이 삐죽삐죽 악다구니 치듯 올라왔다. 그녀는 국자로 뼈들을 꾹꾹 눌러 들통 바닥으로 가라앉히다 말고 국자 그득 오리 뼈 국물을 떴다. 오목한 국자 속에 의뭉스레 고여 있는 국물은 저절로 노인의 눈동자를 떠오르게 했다. 노인의 흐려진 눈동자가 국자 속에 그렁그렁 괴어 자신을 빤히 응시하는 것 같아서 그녀는 국자를 들통 속에 내던지듯 처박았다.

노인은 오리 뼈들을 어디서 구해 오는가. 살을 싹 발라 먹은, 자잘하고 앙상하다 못해 흉측하기까지 한 뼈들을.

포천오리식당에서 얻어 오는 것인지도 모른다고 그녀가 생각하는 데는 나름 그럴 만한 이유가 있었다. 작년 겨울, 그녀는 노인을 모시고 그 식당을 찾아갔다. 일흔셋 생일을 맞은 노인에게 오리백숙을 사 먹이기 위해서였다. 마침 남편이 출장 중인데다 시누이마저 사정이 있어서 며느리인 그녀 혼자 노인의 생일을 챙겨야 했다. 아침에 미역국을 끓이기는 했지만 생일상을 차리기가 뭣해 노인을 모시고 식당을 찾아간 것이었다. 그 식당을 그녀에게 소개한 이는 친정어머니였다. 믹서에 간 마를 넣고 삶은 오리백숙이 밥솥만 한 항아리에 담겨 나오는데, 주말에는 꼭 예약을 해야 할 정도로 유명하다고 했다. "야산 아래 다 쓰러져가는 집을 개조해 식당을 냈는데 돈을 갈퀴로 긁어모은다는구나. 오리백숙을 먹고 나면 은행하고 대추를 넣고 찐 찰밥이 대나무소쿠리에 담겨 나오는데 그 밥이 얼마나 달고 찰진지······" 평일인데도 자리가 없어 노인과 영숙은 다락 같은 곳에 올라가 오리백숙을 먹었다. 마를 갈아 넣어 풀처럼 끈적끈적한 국물을 노인은 걸신들린 듯 떠먹었다. 낮게 내려앉은 천장을 떠받치듯 등허리를 너부죽이 구부리고 오리의 늑골에 붙은 살점을 혀로 핥고 있는 노인을 보는 순간 그녀는 오리백숙이 못 먹을 음식처럼 역겨워졌다. 반찬으로 나온 양배추샐러드를 깨작깨작 젓가락으로 집어 먹다 찰밥을 미리 달라고 해 먹었다. 그런데 화장실에 다녀와 계산을 하려고 신용카드를 내미는 그녀에게 식당 여자가 불쑥 물어왔다.

"친정아버지 오리백숙 좀 자주 사드려야겠어요."

"······?"

"글쎄, 오리 뼈를 얻을 수 있느냐고 물으시네요."

식당 여자는 출입문 옆에 얌전히 서 있는 노인을 두두룩하게 살찐 턱으로 가리켜 보였다.

"오리…… 뼈를요? 오리 뼈를 왜?"

"왜는요? 그거라도 푹 고아 기력 딸릴 때 드시려고 그러시는 거겠지요."

여자가 노인을 친정아버지로 오인한 게 뒤미처 불쾌해 그녀는 홱 돌아서서 식당을 나왔다.

아무래도 노인이 그 식당에서 오리 뼈를 구해 오는 것 같다. 오른쪽 눈썹 끝에 사마귀가 있던 식당 여자에게 오리 뼈를 구걸하는 노인의 모습이 그녀의 눈앞에 훤히 그려졌다.

거실 시계는 일곱시를 지나고 있었다. 남편은 여덟시쯤 집에 돌아올 것이었다. 오후 네시쯤 남편에게서 전화가 걸려왔을 때, 노인은 혼자 식탁에 앉아 오리 뼈 곤 국물을 떠먹고 있었다. 굵은소금으로 간을 한 그 국물을 노인은 시도 때도 없이 그것이 마치 불로장생의 보약이라도 되는 듯 떠먹었다. 저녁을 어떻게 할지 묻는 그녀에게 남편은 집에 와서 먹겠다고 했다.

냉장고에 먹을 만한 반찬이라곤 어묵볶음과 오이소박이, 오징어채볶음뿐이었다. 반찬가게에서 산 오이소박이는 살짝 짓물러 있었다. 그녀는 매콤한 아귀찜이 먹고 싶은 걸 참고 자반고등어를 한마리 굽고, 달걀을 네알 풀어

대충 달걀말이를 만들었다. 아침에 먹고 남은 시금치된장
국을 데웠다. 그녀가 그렇게 저녁상을 차리는 동안에도
들통에서는 오리 뼈가 쉬지 않고 고아지고 있었다. 오리
뼈 고는 냄새와 자반고등어 튀기는 냄새가 뒤엉겨 부엌뿐
아니라 베란다와 욕실에도 떠돌았다.

삼십분이나 서 있었을까. 발가락들이 올챙이처럼 부풀
어올랐다. 그녀는 식탁 의자에 비스듬히 엉덩이를 걸치
고 앉아 가빠오는 숨을 골랐다. 그녀는 임신 칠개월 차였
다. 임신 오개월 차에, 의사는 사내아이임을 그녀에게 슬
쩍 귀띔해줬다. 그즈음 남편이 마침 출장 중이어서 그녀
는 시아버지인 노인에게 그 사실을 가장 먼저 알렸다. 노
인에게 아들이라고는 남편뿐인데다 정작 노인 자신도 형
제가 누이들뿐 대대로 아들이 귀한 집안이었다. 노인이
당연히 손녀보다는 손자를 바라리라는 것이 그녀의 생각
이었다. 내심 안도하고 흐뭇해하겠지 했다.

"아들이라지 뭐예요."

"……?"

"아이 말이에요."

"그러냐……"

노인은 무덤덤히 그 말뿐이었다. 그리고 지금까지 변변
한 과일 한알 사다준 적 없는데다 그녀의 배가 하루가 다

르게 불러오는데도 예정일이 언제인지 그녀에게 물어오
지 않았다. 그녀가 아침부터 입덧을 해대는데도 오리 뼈
를 온종일 고아댔다. 그녀는 임신 사개월 차까지 입덧을
심하게 했고, 그것이 오로지 오리 뼈 고는 냄새 때문이라
고 믿었다. 그녀는 오리 뼈 고는 냄새가 진동하는 집에서
물 한모금 제대로 목구멍으로 넘길 수 없었다. 오리 뼈 곤
국물을 하도 먹어대서인지 노인의 얼굴에 부옇게 살이
오를 때 그녀는 쇠꼬챙이처럼 말라갔다. 집에서 숨 쉬는
것조차 힘겨워 친정에 가서 보름 동안 지내다 오기까지
했다.

"홀시어머니 시집살이보다 홀시아버지 시집살이가 더
하다더라."

결혼 전 친정어머니는 그런 이유로 남편을 탐탁지 않
아했다.

"계원 중에 삼부아파트 사는 이 말이다. 둘째딸인가가
시집가 홀시아버지를 모시고 살았는데 술주정에다 잔소
리가 어찌나 심한지 이혼할 뻔했다더라. 도장까지 찍은
이혼장을 내밀자 남편이 그제야 시아버지를 요양원으로
보냈다지 뭐냐?"

꺼리고 우려하는 친정어머니를, 그녀는 노인이 술 한모
금 마실 줄 모르는 단정하고 과묵한 분이라는 말로 안심

시켰다. 그러나 결혼 이년 만에 시아버지는 그녀에게 도무지 속을 알 수 없는 의뭉스럽고 답답한 노인네로 바껴 있었다.

"엄마, 천길 물속은 알아도 한길 사람 속은 모른다는 말이 왜 있는지 알겠어요."

"옛말에 틀린 말 하나 있는 줄 아냐? 살면 살수록 흘려들었던 옛말이 뼈에 못처럼 박힐 거다."

"노인네가 참외 하나라도 사다줬으면 이렇게까지 밉지는 않겠어요."

친정에서 지내는 내내 그녀는 입덧으로 인한 스트레스를 노인의 흉을 뜯는 것으로 풀었다. 그녀가 친정에서 겨우 입덧을 가라앉히고 돌아왔을 때 집은 벽지까지 오리뼈 고는 냄새에 찌들어 있었다. 들통에서는 오리 뼈가 고아지고 있었고, 노인은 방에 틀어박혀 필사를 하느라 내다보지도 않았다. 그녀가 다시는 돌아오지 않을 듯 트렁크를 끌며 현관문을 나설 때만 해도 간디 전기문을 필사하고 있더니, 톨스토이 전기문을 필사하고 있었다. 초등학교도 마치지 못한 노인네가 간디를 알면 얼마나, 톨스토이를 알면 얼마나 알겠는가, 그녀는 절로 비웃음이 났다. 글씨 쓰기 연습을 하는 것도 아니고 궁색스럽게 밤낮으로 베껴쓰는 노인의 행위가 한심하고 우스꽝스러웠다.

그러고 보니 노인이 독파하듯 필사 중인 전기문들도 골목에서 주워 온 것이었다. 어느 날 밤 스무권 가까이 되는 전기문 전집을 주워 와서는 거실에 늘어놓고 한권 한권 마른걸레로 닦았다. 책들은 얼마나 오래됐는지 표지가 들뜨고 곰팡이가 피어 있었다.

노인네가 돌아올 때가 됐는데…… 그녀는 노인이 또 뭘 주워들고 돌아올지 궁금했다.

여덟시가 넘었지만 남편은 집에 돌아오지 않았다. 저녁 산책을 나간 노인도. 남편은 그렇다 쳐도 노인은 돌아올 때가 지났다. 노인이 현관문을 나선 지 어느새 한시간도 더 지난 것이다.

잉크 제조회사 영업사원인 남편은 귀가가 늦는 일이 잦았다. 이틀 전에도 그는 아무리 늦어도 아홉시까지는 귀가하겠다고 해놓고 자정 넘어서야 술에 취해 돌아왔다.

바싹 구운 자반고등어를 접시에 옮겨담는데 계단을 올라오는 발소리가 들렸다. 그리고 조금 뒤 현관문이 열리고 닫히는 소리가 들렸다. 그녀는 자반고등어가 담긴 접시를 식탁 한가운데 내려놓았다.

302호 여자가 돌아왔나?

그녀는 시금치된장국이 담긴 냄비가 올려져 있는 가스

레인지 불을 껐다.

그녀는 남편과 노인을 기다리기도 했지만 302호 여자를 기다리기도 했다. 얼굴 한번 본 적 없는 그 여자를 그녀가 기다리는 이유는 전날 노인에게서 들은 황당한 소리 때문이었다.

"아래층 여자가 내일 저녁에 삼십만원을 가져올 거다."

아래층이라면 302호였다.

"내가 그 여자에게 삼십만원을 빌려주면서 네게 갚으라고 했다."

"제게요?"

"내일 저녁에 그 돈을 갚겠다고 했다."

"왜 제게?"

"꼭 갚겠다고 했다……"

노인은 그러고 산책을 나갔다. 어쩌다 302호 여자에게 돈을 다 빌려줬을까 싶으면서도 공돈 삼십만원이 생긴다는 생각에 은근슬쩍 기분이 좋았다. 그러잖아도 임신한 뒤로 다달이 적자였다. 매달 붓는 보험금에 적금, 공과금을 제하고 나면 생활비가 빠듯했다. 지지난달에는 의료보험 적용이 안 되는 양수 검사를 받는 바람에 마이너스통장까지 만들었다.

노인이 무슨 돈이 그렇게나 있어서 302호 여자한테 삼십만원을 다 빌려주었을까, 노인에게 숨겨둔 돈이라도 있는 걸까. 남편이 그녀 몰래 용돈을 챙겨주는 것도 아닌데 노인은 그럭저럭 잘 지냈다. 담배를 피우지도, 술을 마시지도 않으니 돈 쓸 데가 별로 없기도 했다. 놀러 다니는 걸 즐기는 것도 아니었다. 친구도 없는지 노인이 누구와 통화하는 걸 그녀는 들은 적이 없었다. 수원에 살고 있는 딸과도 생전 통화 한번 하지 않았다.

삼십만원을 꿔줄 만큼 노인이 302호 여자와 잘 알고 지냈나 싶었지만 노인의 성격으로 봐서 그럴 것 같지 않았다. 며느리인 그녀에게도 말 한마디 건네는 적이 없는 노인네였다. 더구나 직장에 다니는지 그녀는 정작 빌라 어디서도 302호 여자와 마주친 적 없었다. 아랫집인 302호 현관문은 그녀가 그 앞을 지나갈 때 늘 굳게 닫혀 있었다. 하긴 속을 도무지 알 수가 없으니…… 그녀는 어쩐지 노인이 빌라에 사는 사람들에 대해 모르는 게 없을 것 같다. 그들의 사정과 형편을 속속들이 꿰고 있으면서 모르는 척 의뭉을 떨고 있는 것 같다.

노인은 심지어 그녀가 오리 뼈 국물을 몰래 버린다는 걸 알면서도 모르는 척 시침을 떼고 있었다. 국자로 국물을 떠 개수대로 흘려 버리는 걸 버젓이 목격해놓고도…… 그녀는 묘하고 엉뚱하게도, 노인이 그 사실을 아들인 남편에게 일러바치지 않는 것이 신경질 나고 견딜 수가 없었다. 노인이 모르는 척 시침을 떼는 것이 그것만은 아니었다. 그녀가 노인이 먹다 남긴 반찬들을 음식물쓰레기통에 버린다는 걸, 노인이 벗어놓은 옷가지는 따로 분리해 세탁기에 돌린다는 걸, 노인이 얼굴을 훔친 수건에는 그녀가 손도 대지 않는다는 걸, 노인이 쓰고 나면 락스를 듬뿍 뿌려 좌변기를 닦는다는 걸 다 알면서도 모르는 척했다.

그녀는 새삼 노인과 함께 산 지 이년이 다 돼가고 있음을 상기했다. 잔병치레 없던 노인이 갑작스레 중풍으로 쓰러지는 바람에 어쩔 수 없이 모시고 살게 된 것이다. 입원해 있는 동안 빠르게 회복되기는 했지만 노인의 말과 행동은 쓰러지기 전보다 어눌하고 굼떴다. 그때 남편은 노인이 혼자 살던 빌라를 처분해 주식과 펀드에 투자했고, 투자한 지 팔개월 만에 거의 날려버렸다. 펀드가 한창 유행이었다. 서둘러 파느라 시세보다 밑지고 판 그 빌라는 노인의 전재산이나 다름없었다. 싫든 좋든 그녀는 노인을 자신들의 집으로 모셔올 수밖에 없었다.

그녀는 불현듯 뒤를 돌아다봤다. 노인이 등 뒤에서 자신을 응시하고 있는 것 같은 기분이 불현듯 들어서였다. 그녀는 낮잠을 자다가도 버르적거리며 깨어나곤 했다. 노인이 등에 구멍이라도 낼 듯 바라보고 있는 것 같아서였다. 설거지를 하다가, 청소기를 돌리다가, 베란다에서 빨래를 널다가, 텔레비전을 보다가 그녀는 소스라치며 뒤를 돌아다보곤 했다.

그녀에게 그런 버릇이 생긴 데는 그만한 이유가 있었다.

노인이 들어와 산 지 일년이 다 돼가는 어느 날이었다. 그날도 남편은 일곱시쯤 집에 돌아오겠다고 해놓고 아홉시가 다 돼가도록 오지 않았다. 그녀는 하는 수 없이 노인과 단둘이 식탁에 마주 앉아 저녁을 먹었다. 그녀가 문득 고개를 들었는데 노인이 찌개냄비 너머로 그녀를 빤히 쳐다보고 있었다.

"왜 그러세요?"

"………"

"절 왜 그렇게……"

"………"

"절 왜 그렇게 바라보시는 거냐고요?"

노인은 그러나 씹다 만 음식물이 든 입을 꾹 다문 채 그녀를 쳐다보기만 할 뿐이었다. 노인이 해코지를 하는 것도 아닌데 그녀는 낯설고 이상한 공포심에 사로잡혔다.

어쨌든 그런 일이 있은 뒤로 그녀는 절대로 노인과 단둘이는 식사하지 않았다. 남편이 늦는 날이면, 노인이 산책에서 돌아올 시간에 맞춰 저녁을 차려놓고 방으로 들어가버렸다. 노인이 식사를 다 마친 뒤에야 방에서 나와 혼자 식사했다. 노인도 혼자 식사하는 게 편한 듯 식사를 다 마치면 자신의 방으로 조용히 들어가버렸다. 그리고 그녀가 식사를 다 마칠 때까지 절대로 방에서 나오지 않았다. 남편이 어쩌다 일찍 퇴근해 돌아오는 저녁에나 노인과 한 식탁에 둘러앉아 아무렇지 않은 듯 식사했다.

눈에 띄게 호전되긴 했지만 노인이 언제 또 쓰러질지 몰랐다. 오리 뼈 국물을 떠먹는, 숟가락을 쥔 노인의 오른손이 떨리는 걸 그녀는 여러번 봤다. 오른손이 심하게 떨려서 숟가락 위의 국물이 줄줄 옆으로 새는 걸, 김이 무럭무럭 피어오르는 들통에서 오리 뼈 국물을 뜨다 국자를 놓치는 걸 보기도 했다.

노인이 또 쓰러지기라도 하면 어쩌는가? 302호 여자는 왜 돈을 갚으러 오지 않는 것인가.

그녀는 삼십만원을 어디에 쓸지 생각하다 태어날 아기의 기저귀와 옷을 넣어둘 예쁜 서랍장을 봐두기도 했다.

시간은 아홉시를 지나고 있었다. 골목을 헤매고 다닐 노인을 생각하니 그녀는 얼굴이 찡그려졌다. 한달 전쯤 그녀는 미장원에 다녀오다 집 근처 골목을 홀로 걷고 있는 노인을 우연히 봤다. 오래된 다세대주택과 빌라가 빽

빽하게 들어선 골목이었다. 전봇대마다 쓰레기가 쌓여 있고, 음식물쓰레기가 부패하며 풍기는 냄새가 진동하고, 느슨하게 늘어진 전선줄 수십가닥이 그물처럼 하늘을 뒤덮고 있었다.

그날 그녀는 결혼 전부터 고집스레 고수하던 긴 머리카락을 단발로 잘랐다. 연애할 때 머리카락에 반했다고 남편이 버릇처럼 말하곤 할 정도로 그녀의 머리카락은 길고 찰랑거렸다. 그날 아침 먹은 설거지를 하고 화장대 앞에 앉아 빗질을 하는데 구역질이 나도록 머리카락에서 누린내가 났다. 오리 뼈 국물에 푹 담갔다 꺼내기라도 한 것 같았다. 그녀는 참을 수가 없어 지갑을 챙겨들고 지하철역 근처 미장원을 찾아갔다. 머리카락이 싹둑싹둑 잘려나가는 동안 그녀는 거울을 시무룩이 바라보며 노인을 원망했다. 생각해보면 머리카락을 자른 게 노인 때문만은, 그러니까 머리카락에 밴 오리 뼈 냄새 때문만은 아닌데도 그랬다. 날이 더워지면서 그녀는 길고 숱진 머리카락이 무겁고 갑갑한데다 배가 불러 머리 감는 게 힘에 부쳤다.

노인은 왼팔을 허우적허우적 흔들며, 두 발을 질질 끌며, 간장에 조린 우엉 같은 골목을 걸어가고 있었다. 사십도 정도 허공으로 들린 오른팔은 의수처럼 뻣뻣하게 굳어 있었다. 두 발을 부단히 엇갈려 내딛는데도 보폭이 짧아 노인의 걸음은 제자리걸음을 하듯 한없이 느렸다. 대여섯발짝 거리를 두고 천천히 뒤따라 걷던 그녀는 걸음을 빨리해 못 본 척 노인을 획 지나쳐버렸다. 그런데 골목 끝에 거의 이르러 그녀가 슬쩍 뒤를 돌아다봤을 때 노인은 온데간데없이 사라지고 없었다. 눈을 휘둥그레 뜨고 골목 구석구석을 살폈지만 노인은 어디에도 없었다. 그녀는 노인이 그 골목에서뿐만 아니라 세상에서 홀연히 사라져버린 듯해 꽤 한참을 멍하니 서 있었다. 그녀가 집에 돌아온 지 이십분쯤 지나 노인은 골목에서 주운 빈 화분을 왼손에 들고 돌아왔다.

노인이 틀림없이 자신을 봤을 거라고. 시아버지인 자신을 생판 모르는 남인 듯 지나쳐간 자신을 괘씸해했을 거라고 그녀는 생각했다.

그날 이후로 그녀는 노인이 산책을 하는 시간에 가능하면 집에 있었다. 혹시라도 집 밖에 나갔다 골목에서 노인과 마주칠까봐서였다. 된장찌개에 넣을 두부를 사러 빌라 계단을 내려가다 도로 올라온 적도 있었다. 그녀는 호박과 감자만 썰어넣고 두부를 넣지 않은 된장찌개를 저녁상에 올렸다.

남편과 노인이 돌아오지 않는 동안 자반고등어는 딱딱

하게 굳어갔다. 달걀말이는 비린내를 풍겼다. 그녀는 밥솥에서 밥을 뜨다 말고 도로 쏟았다. 밥이 아니라 다른 음식이 먹고 싶었다. 그녀는 부쩍 식욕이 왕성했다. 입덧이 심해 통 먹지 못했던 음식을 뒤늦게 보충하려는 듯 그녀의 몸은 끊임없이 먹을 걸 요구했다. 오늘 점심때는 중국음식점을 찾아가 혼자서 짜장면과 튀긴 만두를 사 먹었다. 노인이 혼자 식탁에 우두커니 앉아 오리 뼈 국물을 숟가락으로 떠먹고 있을 때, 그녀는 중국음식점 사인용 자리를 차지하고 앉아 기름지고 검은 면을 한가닥 남김없이 건져 먹었다. 냉장고 안을 살피는 그녀의 눈에 며칠 전 먹고 남긴 떡볶이가 들어왔다. 그녀는 싱크대에서 냄비를 꺼내 비닐봉지 속 떡볶이를 쏟았다. 떡은 차갑게 굳어 있었다. 그녀는 물을 조금 붓고 냄비를 가스레인지에 올렸다. 뚜껑을 꼭 닫아뒀는데도 틈통에서 새나오는 끈적한 김이 자꾸만 그녀의 얼굴을 삼켰다.

오리 뼈가 고아지는 동안 가스레인지가 내뿜는, 그리고 우러날 대로 우러난 국물이 내뿜는 열기는 대단했다. 본격적으로 더위가 시작되면 집은 가스레인지 위 틈통이 온종일 뿜어대는 열기로 들끓을 것이다. 그러잖아도 앞뒤로 빌라 건물들이 꽉꽉 들어차 바람이 제대로 통하지 않는 집이었다.

그녀는 데운 떡볶이를 먹는 둥 마는 둥 젓가락을 내려놓았다. 라면이라도 끓여 먹을까 하다 302호에 다녀오기 위해 현관문을 나섰다. 302호 여자가 깜박했을 수도 있겠다 싶어서였다. 부른 배를 한 손으로 감싸고 계단을 조심조심 내려갔다.

그녀가 초인종을 다섯번이나 눌렀는데도 안에서는 아무 대꾸가 없었다. 302호 여자도 아직 돌아오지 않은 모양이라고 생각했다.

그녀는 다시 계단을 올라갔다.

열시가 다 되도록 노인은 돌아오지 않았다. 남편도, 그리고 302호 여자도. 아무도 돌아오지 않아서 그녀는 식탁을 치울 수도, 맘 편히 잠자리에 들 수도 없었다.

노인은 지금 어느 골목을 헤매고 있는가…… 남편은 일부러 집에 돌아오지 않는 것인지 몰랐다. 그러니까 노인 때문에, 노인과 마주치지 않으려고. 곰곰이 생각해보니 노인이 자신의 돈을 내놓으라고 요구하고 나선 뒤부터 남편의 귀가가 늦고 술에 취해 자정이 넘어서야 돌아오는 날이 잦아졌다.

노인은 정말 모르고 있는 걸까, 그것 또한 다 알면서 모르는 척 시치미를 떼고 있는 게 아닐까, 그렇다면 어떻게 여태까지 원망 한마디 안 할 수가 있을까, 그녀는 생각할수록 의아했다.

두달쯤 전이었다. 그날 남편은 여덟시 좀 못 돼 퇴근해집에 돌아왔다. 그녀는 돼지고기김치찌개를 끓여 저녁상을 차렸다. 그녀가 따로 대접에 떠준 찌개를 숟가락으로떠먹다 말고 노인이 불쑥 남편에게 물어왔다.

"팔천만원이지?"

남편과 그녀는 처음에 도대체 무슨 뜻인지 몰라 노인을 물끄러미 바라보았다.

"다는 아니어도 된다……"

노인이 숟가락으로 김치 쪼가리를 건져 입으로 가져가다 말고 말했다.

"팔천만원을 다 줄 필요는 없지……" 입을 우물우물하다 또다시 중얼거렸다. "사천만원이면 충분할 것 같구나."

"사천만원이요?"

남편이 그제야 젓가락을 식탁에 탁 내려놓고 노인에게물었다.

"늙은 사람들끼리 모여 사는 아파트가 있다는구나."

"아파트요?"

노인에게 그렇게 물은 사람은 남편이 아니라 그녀였다.

"실버타운이라고…… 삼천만원만 내면 당장 입주할 수

있다지 뭐냐."

노인은 남편과 그녀의 중간, 텅 빈 곳을 멀거니 응시했다.

"날마다 운동도 시켜주고, 때마다 관광버스로 좋은 데 구경도 시켜준다지 뭐냐. 간호사가 있어서 약도 꼬박꼬박 챙겨준다니…… 여태 은행에 넣어두었으면 이자가 그럭저럭 붙었겠지."

노인은 그러니까 빌라 판 돈 팔천만원에서 사천만원만 내놓으라는 소리를 하고 있는 것이었다. 남편은 팔천만원을 주식과 펀드에 투자하면서 노인에게는 은행에 적금으로 묶어놓았다고 둘러댔다.

"은행 이자가 육 프로라 쳐도 팔천만원이면 일년에……"

"아버지, 요즘 이자를 육 프로까지 주는 은행이 있는 줄 알아요?"

남편이 버럭 짜증을 냈다.

"8월 전에는 들어갔으면 싶다."

느릿느릿 밥과 찌개를 말끔히 비운 노인은 그러고 먼저 식탁에서 일어나 평소보다 늦은 밤산책을 나갔다. 그날 이후 노인은 더는 돈 얘기를 꺼내지 않았다. 그렇지만 언제 또 노인이 사천만원을 내놓으라고 요구해 올지 모른다는 게 그녀의 생각이었다. 출산예정일이 8월 초였다. 자신이 아기를 낳기 전에 노인이 이 집에서 나가려 하는 것이라고 그녀는 생각했다.

노인만 없으면 저 방을 아이 방으로 꾸밀 수 있을 텐데…… 아이가 태어날 때가 가까워서인지 그녀는 부쩍 노인이 차지한 작은방을 아이 방으로 꾸미고 싶은 욕심이 생겼다. 전세로 살고 있는 빌라는 방이 고작 두칸이었다. 큰방은 그녀 부부가, 작은방은 노인이 쓰고 있었다. 노인이 들어오기 전까지 작은방은 옷방으로 썼다. 거실은 소파를 들여놓지 못할 만큼 좁았다. 아들이라고 했으니 파란색으로 벽지도 새로 바르고, 커튼도 달고…… 친구가 주기로 한 요람을 놔줄 곳이 마땅찮았다. 요람을 들여놓기 위해서 큰방 침대를 버려야 할 판이었다.

임신했을 때 누군가를 너무 미워하면 배 속 아이가 그 누군가를 쏙 빼닮는다던, 친정어머니가 지나가듯 했던 말이 떠오르며 그녀는 노인을 닮은 아이가 태어나지 말라는 법이 없다는 걸 깨닫고 자신도 모르게 소스라쳤다. 아이에게 노인은 친할아버지였다. 노인의 어수룩하게 처진 눈매와 긴 인중을 빼닮은 아이가 태어나지 말라는 법이 어디 있는가. 게다가 그녀는 요즘 들어 부쩍 남편이 노인을 닮았다는 생각이 자주 들었다. 남편이 군대에 있을 때 심장마비로 갑작스레 세상을 떠나 사진으로밖에는 본 적 없는 시어머니를 닮았다고 생각했는데 아내인 자신에게까지 속내를 좀처럼 드러내지 않는 의뭉스러움이 노인을 닮아서인 것 같았다.

"엄마, 저예요."

"으응……"

"벌써 주무셨어요?"

"아홉시만 넘으면 그렇게 잠이 쏟아진다……"

"………"

"어떻게, 네 시아버지는 잘 계시냐?"

언제부턴가 친정어머니는 그녀와 통화할 때 노인의 안부를 가장 먼저 물어왔다. 임신한 뒤로 만성 편두통처럼 그녀를 괴롭히는 짜증과 울화의 근원이 시아버지라는 걸 알아서였다.

"오늘도 오리 뼈 국물을 한 주전자는 잡수셨을 거예요."

"그 노인네 백살 넘게 살려나보다!"

"엄마, 괜히 그런 말 마세요. 말이 씨가 된다잖아요."

"넌 먹는 건 잘 먹고?"

"노인네가 온종일 집에 붙어 있어서 먹고 싶은 게 있어도 눈치가 보여 시켜 먹을 수가 있어야지요. 온종일 감시당하는 것 같은 게 징역살이하고 뭐가 다르겠어요. 노인정 같은 데도 안 다니니……"

"얘, 놔둬라, 놔둬."

이십분 넘게 계속된 통화를 끝내고 그녀는 노인이 쓰는 방에 들어와 있었다. 이삼일에 한번 청소기를 들고 그 방에 들긴 했지만 그녀는 낯선 이의 방에 몰래 숨어든 기분이 들어 꺼려지고 불안했다. 세평이나 될까. 방 안에 가구라고는 직사각형의 긴 거울이 달린 외짝 장롱과 철제 책상, 텔레비전, 2단 서랍장이 전부였다. 아들 집으로 들어오면서 노인은 살림을 거의 다 버렸다. 쓸 만한 살림이 없기도 했다.

옷걸이에 꿰어 벽에 박은 못에 걸어놓은 쥐색 점퍼에 그녀의 시선이 저절로 갔다. 마치 노인이 혼이 빠져나가고 그럴싸한 허울만 남은 채로 벽에 매달려 있는 것 같았다. 그도 그럴 것이 노인이 코디하듯 점퍼 밑에 검은 기지바지를 받쳐 걸어놓은 것이었다. 점퍼 위에 슬쩍 걸쳐놓은 베레모를 들추면 노인의 뭉그러진 빨랫비누 같은 얼굴이 매달려 있을 것 같았다. 그녀는 베레모를 들추고 싶은 충동을 억누르고 책상 쪽으로 움직여 갔다.

책상 위에는 노인이 필사 중인 성경책과 칸칸이 널찍한 공책이 펼쳐져 있었다. 스무권도 넘는 전기문을 벌써 다 필사한 걸까. 노인이 성경을 필사하는 것은 종교심 때문이 아니리라. 노인은 신자가 아닐뿐더러 특별히 믿는 종교가 없었다. 성경책도 틀림없이 골목 어디선가 주워 온 것일 거였다.

그녀는 책상 밑으로 넣어놓은 의자를 꺼내고 그 위에 엉덩이를 반쯤 걸치고 앉았다. 노인이 공책에 옮겨적은 글자들을 한자 한자 지워 없애듯 읽어내려갔다.

무릇 의복과 무릇 가죽으로 만든 것과 무릇 염소 털로 만든 것과 무릇 나무로 만든 것을 다 깨끗이 할지니라.

어쩌나 꾹꾹 눌러썼는지 글자들은 노인이 손가락으로 눌러 죽인 개미들만 같았다. 어지럽게 소용돌이치는 지문에 짓눌려 비명횡사한 개미들이 공책 위에 줄과 간격을 또박또박 맞추어 일렬횡대로 나열돼 있는 것 같았다. 하지만 자세히 들여다보면 글자들은 한획 한획이 가늘게 떨리고 있었다.

그녀는 몇줄 건너뛰어 계속해서 읽어내려갔다.

금, 은, 동, 철과 상납과 납의 무릇 불에 견딜 만한 물건은 불을 지나게 하라. 그리하면 깨끗하려니와 오히려 정결케 하는 물로 그것을 깨끗케 할 것이며 무릇 불에 견디지 못할 모든 것은 물을 지나게 할 것이니라.

한자 한자 소리 내어 읽어나가는 동안 노인을 향한 실뿌리처럼 자잘한 수십가닥의 감정들이 뒤엉키고 비비 꼬여 한가닥의 감정을 만들어냈다.

그것은 뜻밖에도 미움이나 연민 같은 감정이 아니라 공포감이었다.

무서운 노인네지 뭐야…… 그녀는 자기도 모르게 중얼거리고 고개를 오른쪽으로 돌렸다. 눈가에 바르르 경련이 일도록 베레모를 노려봤다. 그녀는 의자에서 몸을 일으켰다. 베레모로 조심스레 다가갔다.

그녀의 손이 베레모를 확 밀쳐내는 동시에 입에서 비명이 터져나왔다. 베레모가 내던져지듯 방바닥으로 떨어졌다.

베레모 뒤에 숨이 있던 것은 그저 못대가리였다. 베레모를 주워 제자리에 걸어둘 생각도 않고 그녀는 노인의 방을 나왔다.

아무도 돌아오지 않고 있어서인지, 그녀는 다른 이들은 여느 날 밤처럼 아무렇지 않게 집에 돌아왔는지 궁금해졌다.

그녀는 거실 창문 너머 앞 빌라를 살폈다. 창틀 너머로 손을 뻗으면 벽에 손끝이 닿을 듯 가까운 신축 4층 빌라에는 열여섯개의 창문이 있었는데, 불을 밝힌 창문이 하나도 없었다. 다들 돌아와 벌써 잠자리에 든 것인지, 아니면 다들 아직 돌아오지 않은 것인지 그녀는 알 수 없었다.

열한시가 넘도록 돌아오지 않는 노인을 걱정하면서도 그녀는 한편으로는 노인이 돌아오지 않는 것에 안도하는 마음이 들었다. 솔직히 노인이 산책을 위해 현관문을 나설 때마다 그녀는 돌아오지 않았으면 하고 속으로 은근히 바라곤 했던 것이다. 노인이 갈 곳이 없다는 걸 알면서 저대로 멀리 어디론가 가버렸으면 했다. 산책을 끝낸 노인이 스스로 현관문을 따고 들어서는 모습을 볼 때마다 그녀는 어쩔 수 없이 실망감에 사로잡히곤 했다. 그러나 지하철만 타면 갈 수 있는 딸 집에도 생전 다니러 가지 않는 노인이었다.

그녀는 불현듯 노인이 당장이라도 집에 돌아와 사천만원을 내놓으라고 요구할 것 같아 불안했다.

노인이 얼마나 고집스러운지 그녀는 누구보다 잘 알고 있었다. 스스로의 의지나 의사라곤 전혀 없는 듯하지만 노인은 자기가 정해놓은 규칙대로 흐트러짐 없이 살아가고 있었다. 며느리인 그녀에게 일상을 의지하고 순종하는 척하지만 물 위에 뜬 기름처럼 철저히 겉돌며. 그녀가 오리 뼈 고는 것을 그토록 질색하는데도 온종일 오리 뼈를 고아대는 노인네였다. 한달 전에는 자신의 영정사진을 거실 벽에 보란 듯이 걸었다.

"아버님한테 영정사진 좀 떼라고 해요. 볼 때마다 꼭 죽은 사람을 보는 것 같잖아요."

남편에게 그 말을 대엿번은 했을 만큼 그녀가 질색하는데도 그러나 영정사진은 여전히 거실 벽에 걸려 있었다. 그녀는 께름칙할 뿐만 아니라 영정사진 속 노인의 옷차림마저 마음에 들지 않았다. 영정사진 속 노인이 말끔하게 차려입은 개량한복은 하필 그녀가 사준 것이었다. 그녀는 그것을 백화점 지하 매장에서 칠십 프로 세일한 가격으로 샀다. 싸게 사놓고 그 옷이 얼마나 비싼지 노인에게 알려주려 그녀는 일부러 가격표를 떼지 않고 노인에게 줬다.

오리 뼈를 고지 말라고 말해야겠어. 노인네가 돌아오기만 하면…… 302호 여자가 언제 돌아올지 알 수 없는 것처럼, 노인이 언제 돌아올지 또한 알 수 없었다. 더구나 이 집에 들어와 사는 동안 노인의 귀가가 그렇게까지 늦은 적이 없었다. 노인은 경조사나 볼일이 있어 외출했다가도 아홉시 전에는 어김없이 집에 돌아왔다. 조용히 작은방으로 들어가 그녀가 잠들 때까지 가능한 한 나오지 않았다. 그녀가 잠든 새벽에야 방에서 나와 몽유병자처럼 거실과 부엌을 어슬렁거렸다.

차라리 시아버지가 아니라 시어머니였더라면, 그랬더라면 살림과 아이를 맡기고 직장일을 다시 할 수 있었을 것이라고 그녀는 아쉬워했다. 결혼과 동시에 넌덜머리가 난다면서 직장을 때려치웠지만 그녀는 직장생활이 그립기도 했다. 남편의 얼마 되지 않는 월급으로 언제 아파트를 장만하고, 남들처럼 아이를 키우겠는가.

오늘 밤 안으로 돌아오겠지. 노인이 갈 데가 어디 있다고……

남편은 사천만원을 구하는 중일까. 그 많은 돈을 구하는 것도 쉽지 않겠지만, 구한다고 해도 문제였다. 사천만원이 고스란히 남편이 떠안아야 할 빚으로 남을 것이기 때문이었다.

잠결에 그녀는 현관문이 열리고 닫히는 둔중한 소리를 들었다. 그녀는 두 눈을 똑바로 뜨고 삼사초 동안 꼼짝없이 누워 있다가 몸을 일으켰다.

302호 현관문이 열리더니 입구에 사십대 초반쯤 돼 보이는 남자가 고개를 내밀었다.

"무슨 일이세요?"

"아주머니 계세요?"

"누구요?"

남자의 눈이 조금 커졌다.

"아주머니요……"

"아주머니요?"

"네…… 혹시 잊어버리셨나 해서요."

남자가 고개를 갸웃거렸다.

"아주머니가 꿔간 돈을 꼭 갚겠다고 하셨다지 뭐예요, 꼭……"

그녀는 괜히 얼굴이 화끈거리고 배가 당겼다.

"꿔간 돈이요?"

"저희 시아버지가 아주머니한테 삼십만원을 빌려주셨나봐요. 그 돈을 저한테 갚기로 했는데 아무리 기다려도…… 저는 윗집에……"

얼빠진 표정으로 그녀를 바라보던 남자의 얼굴이 한순간 시멘트처럼 굳었다.

남자는 그녀를 노려보다 현관문을 거칠게 닫았다.

그녀는 계단에 발을 올려 내디디려다 말고 내려디뎠다.

빌라 입구에 서서 목을 빼고 골목을 내다봤다. 편의점 간판 불빛과 가로등 불빛으로 인해 골목은 아주 어둡지는 않았다. 누군가 골목을 걸어올라오고 있었다. 노인인가 했는데 교복 차림의 남학생이었다.

그녀는 전봇대 앞에 내놓은 자개장롱 앞에 서 있었다. 퍼즐처럼 이어 붙인 자개들이 어둠 속에서 야릇한 빛깔을 발산하고 있었다. 그녀는 그 빛에 홀린 듯 장롱 가까이 다가갔다.

그녀는 한발짝 더 자개장롱에 다가섰다. 자개장롱 문 손잡이를 움켜쥐었다. 한순간 숨을 멈추고 자개장롱 문을 활짝 열어젖혔다. 장롱 속은 텅 비어 있었다.

그녀는 그 안에 노인이 웅크리고 있기라도 한 듯 그 텅 빈 공간을 노려보며 당겨오는 배를 어루만졌다.

*

그녀는 다시 노인의 방에 들어와 있었다. 방 안을 한번 둘러보고 책상으로 가서 앉았다. 책상에 바짝 몸을 당겨 앉고 볼펜을 집어들었다. '르'라는 글자 위에 볼펜 촉을 가져갔다. 습자지가 그 위에 덧대어져 있는 듯 똑같이 '르'를 그려나갔다. 덧쓴 꼴이 돼 '르'는 다른 글자보다 굵고 진해져서는 유별나게 튀어 보였다. 그녀는 '르' 다음에 줄줄이 이어져 나오는 글자들도 똑같이 그려나갔다.

르비딤에서 발행하여 시내 광야에 진쳤고 시내 광야에서 발행하여 기브롯핫다아와에 진쳤고 기브롯핫다아와에서 발행하여 하세롯에 진쳤고 하세롯에서 발행하여 릿마에 진쳤고 릿마에서 발행하여 림몬베레스에 진쳤고 림몬베

설마 저 장롱 속에……

그녀는 중얼거리며 의자에서 일어나 장롱으로 다가갔다.

그녀는 장롱 손잡이로 손을 뻗었다. 손잡이를 슬쩍 움켜잡았다. 덜커덕 소리가 나도록 장롱 문을 힘껏 당겨 열었다. 주저하면서도 황급히 장롱 속을 살피던 그녀는 깜짝 놀랐다. 고물들로 꽉 차 있어야 할 장롱이 텅 비어 있었던 것이다. 순간 장롱 속 텅 빈 공간과 자개장롱 속 텅 빈 공간이 오버랩되면서 그녀는 그 텅 빈 공간으로 빨려 들어가는 것만 같은 현기증을 느꼈다.

노인네가 고물들을 다 어디다 치운 걸까. 전날 저녁에도 노인은 밥솥을 주워 왔다. 그녀는 장롱 문을 도로 꼭 닫았다. 다시 책상으로 가서 앉았다.

셈의 족보는 이러하다. 셈은 나이가 백세 되었을 때, 아르팍 샷을 낳았다…… 아르팍샷은 삼십오세에 셀라흐를 낳았다…… 셀라흐는 삼십세에 에베르를 낳았다. 에베르를 낳은 뒤,

그녀는 손등의 심줄들이 붉거지도록 힘을 주며 글자들을 덧그려나갔다.

낳았다

낳은 뒤,

볼펜을 움켜잡은 손의 움직임이 마비되듯 멈췄다. 꽉 눌린 볼펜 촉에서 잉크가 흘러나와 검은 웅덩이를 만들었다. 넓고 짙어지는 웅덩이 속으로 글자들이 수몰되듯 빨려들어갔다.

낳고 또 낳아 동아줄처럼 질긴 족보로 이어져 내려온 사람들이 검은 웅덩이 속으로 수장되고 있었다.

그녀는 공책 위의 글자들이 한 글자도 빠짐없이 검은 웅덩이 속으로 빨려들어가길 기다리다 한순간 몸을 일으켰다.

노인도, 남편도 돌아오지 않고 있었다. 302호 여자도.

*

들통 속 오리 뼈 국물은 맨 밑바닥에 가라앉은 뼈들까지 드러나 보이도록 졸아들어 있었다. 그녀는 가스레인지 불을 한껏 올렸다. 가스레인지 불이 허기진 날짐승의 혀처럼 들통 바닥을 핥아댔다. 국물이 졸아들어 뼈밖에 남지 않을 때까지 그녀는 꼼짝 않고 지키고 서 있었다. 그녀의 얼굴과 목은 열기를 견디느라 땀으로 번들거렸다.

오늘 밤 노인은 한 숟가락의 오리 뼈 국물도 목구멍으로 흘려넣지 못하리라.

그녀는 뚜껑을 꼭 닫고 가스레인지 불을 껐다. 밤새 틀어놓아도 오리 뼈 고는 냄새가 집 안에 떠도리라는 걸 알지만 환풍기를 틀었다.

그녀는 노인의 영정사진에 눈길을 주었다, 현관문 쪽으로 걸어갔다. 빌라 계단을 내려가 골목으로 들어섰다. 골목에서 길을 잃었을지 모를 노인을 찾아 집에 돌아왔을 때, 남편도, 노인이 거짓으로 지어낸 그래서 이 세상 어디에도 없는 302호 여자도, 앞 빌라 사람들도 돌아와 있기를 바라며.

막차

고속버스에 승객이라고는 넷뿐이었다. 순옥과 그녀의 남편, 사내 둘. 버스가 출발하기 십여분 전부터 부부는 운전석 줄 다섯번째 칸을 차지하고 앉아 있었다. 고속버스가 터미널을 빠져나가 고속도로에 들어서도록 남편은 고집스레 내려 감은 눈을 뜨지 않았다. 히터를 한껏 틀어 고속버스 안 공기는 덥고 건조했다. 눅눅한 걸레 냄새와 김밥 냄새, 지린내가 섞여 떠돌아 그녀는 벌써부터 멀미가 났다. 고속버스가 톨게이트를 통과할 즈음부터 들려온 알루미늄포일을 구기는 소리도 거슬렸다.

"여간 멀어야지요……"

그녀는 의자 등받이가 박제 거북의 등딱지처럼 딱딱하게 느껴져 불편했다. 의자는 그녀가 뒤척거릴 때마다 끼익, 비명을 내질렀다. 빈 의자가 얼마든지 있었지만 다른 의자로 옮겨 앉을 의욕이 전혀 일지 않았다. 일반인데다 오래된 고속버스였다. 고속버스는 탈수 중인 세탁기처럼 흔들림이 심했다.

"내일 미선 엄마가 머리 좀 만져달라고 했는데……"

그녀는 차창 쪽으로 얼굴을 돌렸다. 콜타르를 바른 듯 검게 번들거리는 차창에서 남편 얼굴을 찾았다. 그녀 얼굴 뒤로 남편의 옆얼굴이 떠올랐다. 남편의 옆얼굴은 물속에 가라앉은 돌덩이처럼 붓고 일그러져 보였다. 뭉텅한 턱 밑으로 손을 들이밀고 들추면 이끼 뭉치 같은 다슬기 서너개가 달라붙어 있을 것 같았다.

남편은 아무 대꾸가 없었다.

"그 여편네 다른 미장원에 다니는 것 같더니…… 시장 안에 있는 보람미장원요. 일이 이렇게 될 줄 알았으면 미선 엄마한테 오늘 오라고 할 걸 그랬어요."

알루미늄포일을 구기는 소리가 끊겼다 다시 들려와 그녀는 훌쩍 고개를 들어 뒤쪽을 살폈다. 빈 의자들 너머 가발을 걸쳐놓은 듯 튀어나온 검은 머리가 그녀의 눈에 들어왔다.

"하긴 그렇게나 느닷없을 줄 알았나요."

그때 고속버스 실내가 갑자기 캄캄해졌다. 실내등들이 점멸하듯 일제히 꺼진 것이다. 그녀는 무릎 위 쥐색 천가방 지퍼를 더듬더듬 내리고 그 안으로 손을 집어넣었다.

휴대전화를 찾아 꺼내들고 혹시나 부재중 전화가 걸려왔나 살폈지만 한통도 와 있지 않았다. 그녀는 휴대전화를 도로 가방 속에 집어넣었다.

"전화가 온 게 몇시였어요?"

남편은 여전히 아무 대꾸가 없었다.

"뉴스를 하고 있었으니까 일곱시가 조금 넘어서였지요?"

그녀의 휴대전화 벨이 울릴 때 부부는 텔레비전 앞에서 저녁을 먹고 있었다. 고등어와 함께 지진 무청을 씹다 말고 그녀는 전화를 받았다. 무청은 적당히 씹다 뱉어야 할 만큼 질겼다. 아들이었다. 며느리가 오늘 밤을 못 넘길 것 같다는 소식을 전하면서 아들은 울먹이고 있었다.

"며칠 전에 통화할 때만 해도 반년은 더 살 수 있을 거라고 했잖아요, 반년은요."

며느리의 대장에서 처음 암 덩어리가 발견된 것은 오년 전이었다. 대장을 십 센티미터나 잘라내는 수술과 항암치료 덕분에 별 탈 없이 완치되는가 싶더니 일년 만에 재발했다. 또다시 항암치료를 받는 와중에 암은 자궁과 위, 폐로 번졌고 며느리는 입원과 퇴원을 반복했다. 퇴원했다는 소식이 들리기 무섭게 입원했다는 소식이 들려왔다. 며느리가 또다시 병원에 입원한 건 한달쯤 전이었다. 그 소식이 그녀는 새삼스럽지도, 절망적이지도 않았다.

며느리를 보러 당장 서울로 올라갈 형편도 아니었다. 아들이 전화했을 때 그녀는 대성떡집 딸 성희의 머리를 다듬어주고 있었다. 마흔살이 넘은 그녀는 지적장애인이었다. 그녀와 46년 개띠 동갑인 대성떡집 여자는 어딜 가든 딸을 수족처럼 데리고 다니는 것으로 모자라, 자신이 죽으면 관 속까지 데리고 들어갈 거라는 말을 입에 달고 살았다. 관 속에 데리고 들어가게 딸내미 발모가지도 깎아달라던 대성떡집 여자의 살벌한 농이 문득 떠올라 그녀는 피식 웃음이 났다.

"갈 때가 되면 그렇게 급하게 가더라고요. 하기는 반년을 더 산다고 그게 무슨 의미가 있겠어요."

그녀는 마지막으로 본 며느리의 모습이나 떠올려보려다 그것도 쓸데없는 짓 같아 관두었다.

"작은방 불을 켜둔다는 걸 깜박했지 뭐예요."

그녀는 목에 두른 스카프를 풀었다. 고속버스 안 공기가 덥고 답답해 스카프가 목을 조여오는 것 같았다. 저녁을 짜고 급하게 먹은 탓인지 혀가 쓰고 목이 탔다.

"텔레비전 코드는 뺐어요?"

밥솥 코드는 뺐던가. 밥솥에는 밥이 반공기쯤 남아 있었다. 집을 비운 동안 밥알들은 군내를 풍기면서 꾸덕꾸덕 마를 것이었다.

"그애 나이가 몇이더라?"

가스밸브는 제대로 잠갔던가.

"며느리 말이에요. 쥐띠니까……"

그녀는 며느리 나이가 서른아홉인지 마흔인지 헷갈렸다.

"1월생이라고 했어요. 생각해봐요. 엄동설한에 태어난 쥐가 뭔 복을 타고났겠어요. 얼어 죽고 배곯아 죽지나 않으면 다행이지."

아들과 며느리를 결혼시키기 전 그녀는 혹시나 하는 마음에 충북 제천까지 가서 궁합과 사주를 봤다. 미장원 단골인 여자가 마침 임용고사를 앞둔 딸의 운수를 보러 간다기에 겸사겸사 따라갔었다.

"그때 그 점쟁이가 그럽디다. 며느리가 마흔살 이후로는 두 다리 쭉 뻗고 누워 세상 근심 걱정 내려놓고 편하게 살 팔자라고요. 그러고는 더 볼 것 없다고 손사래를 치더라고요. 그 소리가 무슨 소린가 했더니 마흔살까지밖에 못 살 거라는 소리였지 뭐예요. 생각해봐요. 세상 근심 걱정 내려놓고 두 다리 쭉 뻗고 눕는다는 게 뭔 뜻이겠어요."

그녀는 순간 소름이 끼쳐 입을 다물었다.

"나는 것도 모르고 팔자를 그렇게나 기막히게 타고났나 했지요."

그녀는 말끝에 입가가 떨리도록 숨을 깊이 내쉬었다.

종아리가 퉁퉁 붓도록 서서 남의 머리를 매만져야 하는 자신의 팔자를 생각하면 얼마나 복 받은 팔자인가 하며 며느리 될 여자를 두고 시샘까지 했다.

"당신은 어땠는지 몰라도, 나는 처음 대면부터 그애가 탐탁지 않았어요."

처음 하는 말은 아니었다. 그 말은 그녀 입속에 헐거워진 틀니처럼 거북살스럽게 들어앉아 있다가 아들 내외가 신혼여행을 떠나자마자 불쑥 튀어나왔다. 삼십년 넘게 미장원을 하면서 별별 사람을 겪은 덕분에 그녀는 자신이 사람 보는 눈만은 누구보다 틀림없다고 자부했다.

고속도로에 들어선 후 처음 나온 휴게소를 고속버스는 그냥 지나쳐 갔다. 밤 열한시가 가까운 시간이어서인지 고속도로에는 차가 드물었다.

"돈을 해다준 게 언제였어요?"

그녀는 아들에게 돈을 해다준 게 문득 떠올라 남편에게 물었다.

남편은 그러나 여전히 아무 대꾸가 없었다. 눈 한번 뜨지 않는 걸 보면 잠든 것인지 몰랐다. 하긴 생전 누가 묻는 말에 속 시원히 대꾸하는 법이 없는 위인이었다. 남편은 젊어서부터 그녀가 건네는 말에 묵묵부답이어서 속을 터지게 했다.

"지난번 입원했을 때니까, 다섯달 전이겠네요."

다섯달 전 그녀와 남편은 서울에 다녀왔다. 폐까지 퍼진 암이 심해져 며느리가 병원에 다시 입원했다는 소식을 듣고서였다. 그녀는 그것이 마지막 입원일 줄 알았다. 때마침 다달이 부어오던 이년짜리 정기적금이 만기였다. 은행에서 적금 탄 돈을 찾아오면서 그녀는 은근히 부아가 치밀었다. 남편 모르게 부어온 적금이었다. 그 돈을 고스란히 며느리 병원비로 쓰게 될 줄은 몰랐다.

"어디 적은 돈이었나요? 상훈인 그것밖에 안 해왔나 서운해하는 눈치더라고요."

그날, 아들은 술을 마시고 밤늦게 전화를 걸어왔다.

"글쎄 딸이 그 지경이면 미장원이라도 내놓아 살리려하지 않겠느냐고 합디다."

아들은 삼십분 가까이 전화를 끊지 않고 그녀에게 서운한 속내를 털어놓았다. 삼천만원 가까이 탄 보험료는 벌써 바닥이 났다고 했다. 술집인지 전화기 너머로 사람들이 시끄럽게 떠드는 소리가 들렸다. 전국 서점을 돌아다니면서 수금을 하느라 출장이 잦은 아들은 그때도 부산 출장 중이라고 했다.

"가망 없는 며느리 살리자고 미장원을 내놓을 수는 없잖아요."

외자식인 상훈이 서울로 올라간 것은 대학교를 졸업하고 일년쯤 지나서였다. 대학교 선배라는 사람의 소개로 출판사 영업부 사원으로 취직이 됐다. 어쩐지 미덥지 않았지만 그녀는 아들을 붙잡지 않았다. 서울로 올라간 지 사년 만에 결혼해 내내 전세살이를 하다 십이년 만에 빌라를 장만하더니, 며느리 대장에서 암 덩어리가 발견됐다. 십팔평 빌라를 사기 위해 아들은 그녀가 올려보낸 돈을 보태고도 모자라 은행에서 융자까지 얻었다. 그녀는 그때도 오년을 꼬박 적금을 부어 모은 돈을 고스란히 올려보냈고, 아들은 자신이 바라던 것보다 적었는지 못내 서운해했다. 며느리는 고맙게 잘 받았다는 전화 한통 없었다. 아들이 빌라로 이사하고 한달쯤 지나 그녀는 남편과 서울에 다녀왔다. 때마침 서울에서 친정 조카 결혼식이 있어 겸사겸사 다녀온 것이었다. 아들이 장만한 빌라를 둘러보면서 그녀는 기쁨보다는 실망이 앞섰다. 집이 네모반듯하지 않고 각이 진데다, 거실 창문을 열면 고가도로가 보였다. 베란다는 세탁기 하나 겨우 들여놓을 만큼 좁았다. 저녁으로 근처 식당에서 돼지갈비를 구워 먹으면서 아들은 언제가 될지 모르는 재개발을 꿈꾸었다. 그녀는 빌라를 장만하는 데 도움을 주고도 시부모 노릇을 제대로 못한 것 같아 내내 며느리의 눈치가 보였다.

"설사 미장원 내놓아 살려놓는다 쳐요. 지들이 우리를
죽을 때까지 먹여 살리기나 할 거래요?"

상고까지 나온 남편은 일평생 이렇다 할 직업을 가진
적이 없었다. 여태껏 먹고산 것도, 아들을 대학교까지 가
르친 것도, 장가보낼 때 전세금이나마 마련해준 것도 그녀
가 그나마 미장원을 해서 가능했다. 그녀가 맞선으로 만
난 남편과 선뜻 결혼을 결심한 것은 오로지 상고를 나왔
다는 이유 하나 때문이었다. 그녀가 젊었을 때만 해도 상
고만 나와도 공무원으로 곧잘 취직이 됐다. 남편의 동창
계원들만 해도 공무원이 셋이나 있었다. 시청 말단 공무
원으로 시작해 상수도사업 본부장까지 지낸 이도 있었다.

"일년에 두번, 명절에나 겨우 용돈 몇푼 내놓고…… 그
게 다 내가 미장원을 해서 그래요."

그녀가 미용기술을 배운 것은 아들을 낳고 일년쯤 지
나서였다. 배워둬 나쁠 게 있을까 싶어 익힌 기술이 평생
남편을 먹여 살려야 하는 팔자로 이어질 줄 까맣게 몰랐
다. 토끼처럼 온순해 그녀가 아침부터 잔소리를 해도 욕
설 한마디 내뱉은 적이 없는 남편은 깔끔하게 자신의 입
성을 차리는 것 말고 할 줄 아는 게 없었다. 막차가 끊겼
으면 택시라도 타고 서울로 올라가야 할 상황에 남편은
별 구김 없는 기지바지를 다림질해 차려입었다. 그녀 속

을 태우려고 작정한 듯 손수건까지 다림질해 외투 주머니에 챙겨넣었다. 기우뚱 가라앉는 배에서 뛰어내리듯 허둥거린 것은 그녀 자신뿐이었다. 혹시나 막차가 끊길까 도로로 뛰어내려가 부러진 갈대 줄기처럼 팔을 흔들어댔다.

"어제오늘 손님이 달랑 한명뿐이었다고요. 그것도 파마 손님이 아니라 염색 손님요. 염색을 해주고 받은 돈으로 자반 한손 사고, 달래 한묶음 사니까 동전 몇개 남더군요."

그녀는 고속버스 앞쪽에 달린 전자시계를 올려다봤다. 한참 달린 것 같은데 고속버스가 출발한 지 겨우 사십분밖에 지나지 않았다.

"별 향도 없는 달래가 얼마나 비싼지……"

양념장을 만들려고 산 달래는 비닐봉지 안에서 짓무를 것이었다. 자반 지진 것도 반 더 넘게 남았다. 그녀는 차창으로 고개를 돌렸다. 언제 나타났는지 고속버스 한대가 그들이 탄 고속버스와 나란히 달리고 있었다. 그녀는 사람이 몇명이나 타고 있나 궁금해 그 고속버스 안을 빤히 들여다봤다. 그 고속버스는 대낮처럼 실내등들을 환하게 밝히고 있었다.

"저 고속버스에는 사람이 안 탔네요."

"………"

"한 사람도요."

"………"

"어떻게 한 사람도 안 탔을까?"

별일이라는 듯 중얼거렸지만 그녀는 솔직히 고속버스
에 아무도 타고 있지 않은 것이 그다지 신기하지 않았다.
평일 늦은 밤인데다 그녀와 남편이 타고 있는 고속버스
에도 승객이 넷뿐이었다. 저녁때 아들의 느닷없는 전화가
걸려오지 않았다면, 고속버스에는 둘만 탔을 것이었다.

"설마 한 사람도 안 탔을까?"

잠든 것이 아니었는지 남편이 불쑥 대꾸를 해왔다. 여
태껏 자신이 하는 말을 다 듣고 있었으면서 한마디 대꾸
도 없었나 싶어 그녀는 원망과 질책이 섞인 눈길로 남편
을 흘겨봤다. 남편의 두 눈은 그러나 시침질을 해 봉합한
듯 감겨 있었다.

"글쎄 한 사람도 안 탔다니까 그러네요."

묵묵부답이던 남편이 대꾸해온 것이 은근히 반갑기도
해 그녀는 일부러 더 그렇게 말했다.

"운전기사 말고는 한 사람도 안 탔다니까 그러네요."

"아무리…… 누군가 탔겠지."

남편은 그렇게 중얼거릴 뿐 감은 눈을 뜨려고 하지 않
았다.

"타긴 누가 탔다는 거예요, 한 사람도 안 탔는 걸요."

"틀림없이 누군가 탔을 거야."

빈 의자들만 실린 고속버스는 그들이 탄 고속버스를 추월하더니 조금씩 멀어져 한점 빛으로 반짝 떠올랐다 어둠 속으로 사라졌다. 그녀와 남편이 탄 고속버스가 텅 빈 어둠을 향해 전조등 불빛을 무심히 내쏘았다.

"염색약 냄새가 왜 그렇게 역겨운지 모르겠어요."

그녀는 차창에 떠올라 흔들리는 자신의 얼굴을 물끄러미 바라보면서 중얼거렸다. 요즘 그녀는 자신의 얼굴이 말라비틀어진 감자같이 느껴진다. 보라색 싹이 무성하게 자라나 얼굴을 뒤덮어버릴 것 같다.

"염색약 냄새만 맡으면 속이 뒤집힌다구요. 염색 손님을 안 받을 수도 없고……"

탈수한 수건들을 널지 않았다는 걸 문득 깨닫고 그녀는 말끝을 흐렸다. 저녁을 먹고 나서 넌다는 걸 그만 깜박했다. 그동안 수건들은 세탁기 안에서 뒤엉킨 채 쉰내를 풍기면서 썩어갈 것이다. 하도 빨아대 그녀의 손등에 붙은 살가죽만큼이나 거칠고 뻣뻣해진 수건들이었다. 그녀는 수건들을 바꿔야지 하면서 바꾸지 않았다. 수건들을 바꾸려니 괜한 낭비이자 헛수고처럼 여겨졌다.

"친정식구들이 와 있겠지요."

그녀는 며느리의 친정식구들이 불편하고 부담스러웠

다. 결혼식 때도, 큰손녀 돌잔치 때도 와자지껄 몰려다니는 친정식구들 때문에 괜히 주눅이 들었다.

"현대부동산 여자가 그러는데 늙어서 세가지만 있으면 산다지 뭐예요."

"………"

"하나가 돈이고 또 하나는 딸이고 또 하나는 뭐라더라? 그렇지, 종교요. 종교라지 뭐예요."

그녀는 차창 자신의 얼굴을 응시하며 말했다.

"우리한테는 글쎄 그 셋 중 어느 하나 없지 뭐예요. 돈도, 딸도, 그 흔한 종교도요."

"그 고속버스예요."

그녀가 감았던 눈을 도로 떴을 때 그 고속버스가 어느 결에 나타나 그들이 탄 고속버스와 나란히 달리고 있었다.

"아까 그 고속버스요."

그 고속버스는 여전히 실내등을 환하게 밝히고 있었다.

"한 사람도 태우지 않은 그 고속버스요."

혹시나 하는 마음에 그녀는 고속버스 안을 아까보다 더 유심히 둘러보았다. 그러나 역시나 고속버스에는 한 사람 타고 있지 않았다. 운전기사도 없이 저 홀로 철필대 속 같은 고속도로를 유령처럼 내달리고 있는 것은 아닐까 하는 의심마저 들었다.

"정말 한 사람도……"

아까와 달리 남편은 아무 대꾸도 하지 않았다. 그새 잠든 것인지도 몰랐다.

고속버스는 그녀 부부가 탄 고속버스에 바짝 붙어 달리고 있었다. 한순간 그녀는 자신과 남편이 그 고속버스에 타고 있는 것 같은 착각이 들었다. 그 고속버스에 남편과 그녀 자신, 그렇게 단둘이 타고 있는 것만 같은, 목적지가 어딘지도 모른 채 빈 의자들과 함께 마냥 흔들리면서 부유하듯 실려가는 것만 같은……

"우리는 그저 죄인처럼 죽은 듯이 있다가 내려오자구요." 그녀는 귓속말을 하듯 낮게 중얼거렸다.

"………"

"죽은 듯이요……" 그녀는 더 낮게 중얼거렸다. "우리가 지은 죄가 있어서가 아니라…… 세상 사람들이 얼마나 수군거리겠어요."

그녀는 고개를 가로저었다.

"전후 사정을 제대로 알지도 못하면서 남 불행을 두고 떠들어대는 게 세상 사람들 아니에요."

그녀는 원망과 포기의 심정이 뒤섞인 눈빛으로 남편을

흘겨봤다. 그녀는 차창 쪽으로 다시 고개를 돌리려다 말고 자신들과 대각선으로 앉은 승객을 바라보았다. 잠들었는지 목과 턱이 외투 깃에 파묻히도록 고개를 수그리고 있는데도 그녀는 괜히 그 사내가 자신이 중얼중얼 내뱉는 말을 다 엿듣고 있는 듯해 찝찝했다. 그 사내뿐 아니라 뒤쪽에 앉은 또다른 사내도, 운전기사도. 오로지 남편만이 자신이 하는 말을 전혀 듣고 있지 않는 것 같았다. 저이는 무슨 일로 막차를 타고 서울까지 올라가는 걸까.

"작년 가을에 며느리가 수술 받던 날 그러더군요."

암이 자궁까지 퍼져 며느리가 불가피하게 개복수술을 받던 날, 그녀는 혼자 첫차를 타고 서울로 갔다. 캄캄한 새벽에 밥 한술 못 뜨고 집을 나섰는데도 서울 터미널에 도착하자 대낮이었다. 수술은 마취와 회복 시간까지 합쳐 여섯시간 넘게 걸렸다. 며느리가 수술을 받는 동안 그녀는 안사돈과 둘이 대기실을 지켰다. 딸이 수술실에 들어가기 전부터 흐느끼던 안사돈과 달리 그녀는 눈물 한방울 나오지 않았다.

"부모인 우리가 살면서 지은 죄가 많아서 아무 잘못 없는 자기 딸이 고통을 받는 거라고요."

그녀는 고개를 저었다.

"꼭 내 탓을 하는 것 같았어요."

그녀는 자세를 바꾸려 몸을 뒤척였다.

"내 탓을 하는 것 같았다니까요."

졸음이 몰려왔지만 그녀는 잠들고 싶지 않았다. 아들에게서 언제 전화가 걸려올지 몰랐다. 고속버스가 터미널을 출발한 지 한시간 이십분이 조금 지났다. 얼마나 길고 긴 밤이 되려는지 시간은 한없이 더디게 갔다.

"터미널에서 내리면 택시를 타야겠지요?"

그녀는 아무래도 자신의 혀가 닳아 없어질 때까지 중얼거려야만 고속버스가 목적지인 서울 터미널에 도착할 것 같았다.

"새벽 두시에나 도착이니까 지하철이 끊겼을 거예요. 지하철이 다니면 뭐 해요. 당신이나 나나 생전 지하철을 타봤어야지요……"

"………"

"그애까지 낳았으면 어쩔 뻔했어요."

그녀는 아차, 싶었지만 이미 입 밖으로 토한 말이었다.

"며느리가 왜…… 셋째를 가졌었잖아요."

전에도 그 얘기를 한 적이 있는 척 그녀는 부러 시침을 뗐다.

"육년 전인가? 내 생일 때 애들이 내려오겠다고 하고선 못 내려왔었잖아요. 그때 애를 지웠나보더라고요. 어쩐

일로 내 생일을 다 챙기나 불안하더니만…… 내려왔어도 저녁 늦게 와서는 아귀찜이나 오리고기를 사주고 이튿날 아침 먹자마자 올라가기 바빴겠지만 말이에요."

오늘 밤을 못 넘길 거라는 며느리를 두고 별소리를 다 하는구나 싶어 뜨끔해진 그녀는 입을 다물었다.

"태몽이 사내애였어요."

아들 부부는 딸만 둘이었다.

"글쎄, 태어나지도 못할 애의 태몽을 내가 꿨지 뭐예요. 태어나지 못할 애의 태몽을요……"

정작 아들 상훈의 태몽은 가물가물한데 세상 빛도 못 본 애의 태몽만은 엊그제 꾼 꿈처럼 생생했다. 열여섯살 때 떠나온 고향집 뒷산에 올랐다 새끼 호랑이를 한마리 주워 내려오는 꿈이었다. 꿈에 돌아가신 친정어머니뿐 아니라, 친정어머니보다 더 일찍 세상을 떠난 당숙모도 보였다. 그녀가 보물단지처럼 꼭 끌어안은 새끼 호랑이가 탐이 나는지, 당숙모는 그녀를 졸졸 따라오면서 자꾸만 새끼 호랑이를 달라고 애원했다.

"내가 주운 새끼 호랑이를 자꾸만 달라고 조르지 뭐예요……"

그녀는 그다지 살갑지 않던 당숙모가 꿈에까지 나타나

새끼 호랑이를 빼앗아가나 싶어, 고인이 된 이가 괜히 밉고 원망스러웠다. 읍내에서 어물전을 해 돈깨나 만지고 살던 당숙모는 살아생전 욕심이 많았던데다, 딸만 넷을 낳은 친정어머니와 달리 아들을 다섯이나 낳아 늘 기세등등했다. 말년을 호의호식하며 보낼 줄 알았는데 사업을 하던 큰아들 때문에 재산을 거의 다 잃고 당뇨로 고생하다 요양원에서 삶을 마쳤다.

"나는 태몽인 줄도 모르고 복권을 다 샀지 뭐예요. 생전 사지 않던 복권을 여섯장이나요. 그날따라 이상하게 미장원에 손님이 끊이지 않는 게…… 태몽인 줄 모르고 말년에 팔자가 피려는가보다 했다니까요."

그녀는 말끝에 식도를 통째로 토하는 듯한 탄식을 내질렀다.

"그애까지 낳았으면 정말 어쩔 뻔했어요."

아들은 서울로 올라간 뒤 이런저런 이유로 여러번 직장을 바꿨다. 상경해 월세방을 얻기 전까지 아들은 신림동 쪽에 있는 고시원에서 살았는데, 그녀는 다달이 고시원비를 올려보내야 했다. 카드빚을 져 그것을 갚아주기도 했다. 그래서인가 그녀는 출판사 영업일이라는 게 불안하고 미덥지 않았고 그래서 은근히 아들이 번듯한 직장을 가진 여자와 결혼했으면 싶었다. 대단찮아도 자신처럼 기술이 있거나 처가 쪽이 잘살아서 그 덕이라도 봤으면 하는 마음이 있었다. 며느리는 아들이 다녔던 출판사에서 경리를 보던 여자로, 첫애를 낳고는 집에 들어앉아 살림만 했다.

그녀는 가방 속을 뒤적여 인절미가 든 비닐봉지를 찾아 꺼냈다. 혹시나 싶어 냉동실에서 한덩어리 꺼내 가방에 챙겨넣은 인절미는 차갑고 딱딱했다. 돌처럼 얼어 내일 아침은 돼야 말랑말랑해져 있을 것이다. 인절미를 괜히 싸왔다는 후회가 들었지만 어쩔 수 없었다.

"그때만 생각하면 아직도 괘씸하지 뭐예요."

그녀는 부스럭 소리가 나도록 인절미가 든 비닐봉지를 주물럭거렸다. 큰손녀가 태어난 지 석달쯤 됐을까. 한번 다녀갔으면 싶어하는 아들의 전화를 받고 그녀 혼자 서울에 다녀온 적이 있었다. 산후우울증인가로 며느리가 힘들어한다고 했다. 그녀는 사흘을 꼬박 머물면서 열무김치와 오이소박이를 담그고 밑반찬도 서너가지 만들어 냉장고에 넣어주었다.

"내가 제집에 일하러 온 파출부도 아니고, 빌라 계단을 다 내려가지도 않았는데 현관문을 야멸치게 닫아버리지 뭐예요. 등신처럼 뭐 잘 보일 게 있다고 며느리 속옷까지 삶아 널어놓고 왔을까…… 얼마나 고단했으면 고속버스를 타고 내려오는 내내 한번도 안 깨고 죽은 듯이 잠을 잤겠어요."

현관문이 닫히던 소리는 아직도 그녀의 귓속에서 쟁쟁했다.

"무능한 아들을 둔 탓이라고 생각하려 해도 어쩌나 속이 상하던지……"

그녀는 갈라져 나오는 목소리를 가다듬었다.

"아까운 차비 들여 올라가서는 그런 대접이나 받다니…… 날 얼마나 우습고 만만히 봤으면."

겨우 서너점 떠돌던 불빛이 부지불식간 늘어나 있었다. 아들에게서는 전화가 없었다. 그녀는 아들의 휴대전화로 전화를 넣으려다 관뒀다.

"뭘 알겠어요."

그녀는 얼떨결에 고속버스 안에 울리도록 새된 소리로 쏴붙였다.

"당신이 뭘 알겠어요."

단단히 굳은 염색약 같은 어둠 속에 석류알처럼 박힌 불빛들이 가물가물 멀었다.

"여기가 어디쯤이래요? 대전 지났나?"

속으로는 아직 대전에 못 미쳐도 한참 못 미쳤으리라 생각하면서 그녀는 그렇게 중얼거렸다.

"대전만 지나도 반인데……"

그녀는 차창을 괜히 손바닥으로 쓸었다.

"서울이 대전쯤만 같아도 멀다 하지 않겠어요. 서울까지 꼬박 다섯시간이 걸리니, 원……"

말은 그렇게 했지만 그녀는 서울이 가까워 오는 게 그다지 달갑지 않았다. 아들만 아니었으면 생전 갈 일이 없을 서울이, 차라리 나설 엄두조차 나지 않을 만큼 멀었으면 싶었다.

"휴게소에 한번은 들르겠지요?"

그녀는 인절미를 한덩이 떼어 입으로 가져갔다. 짱돌처럼 묵직하게 혀를 누르는 인절미를 우물우물 씹었다. 인절미가 품은 냉기에 헐거워진 어금니들이 시렸다. 그녀는 자신이 씹고 있는 것이 찹쌀 덩어리가 아니라 혀만 같은 기분이 들었다.

"당신은 어떤지 모르지만 나는 보고 싶지 않아요."

그녀는 덜 씹힌 인절미를 꿀꺽 삼켰다.

"봐서 뭐 하겠어요."

삼킨 인절미가 되올라오는 것 같아 그녀는 입에 침을 끌어모아 삼켰다.

"굳이……"

새파란 며느리가 초등학교에 다니는 어린 두 딸을 두고 죽어가는 모습을 어느 시어머니가 보고 싶겠는가.

"차라리 날이 밝은 뒤에 출발할 걸 그랬어요. 첫차를 타는 게 나을 뻔했다고요. 다섯시 삼십분이 첫차던데."

워낙에 거리가 멀어서 그랬어도 아들과 사돈네가 이해했으리라는 생각이 뒤미처 들었다.

"막차가 끊겼다고 둘러대고 아침 일찍 출발할걸. 우리가 그렇게 서두르지 않았으면 막차나 탈 수 있었겠어요? 막차를 놓칠까봐 빚 떼먹고 야반도주하듯 집을 나섰잖아요."

그러나 서두른 것은 그녀 자신이었다. 태평하게 손수건을 다림질하는 남편에게서 다리미까지 뺏어들고 재촉하지 않았나. 그녀 자신도 그것을 모르지 않았다.

"우리가 할 수 있는 게 없잖아요."

수증기가 껴오는 차창을 물끄러미 바라보는 그녀의 두 눈이 저절로 감겼다.

"우리가 할 수 있는 게 아무것도……"

그녀는 자신의 몸속에 차곡차곡 쌓여 있는 뼈들이 도미노처럼 무너져내리는 것 같은 무력감을 느꼈다.

"우리가 뭘 할 수 있겠어요……"

숨 쉬기가 답답할 만큼 공기가 더운데도 발끝이 시렸다.

멀미가 나며 속이 메스꺼웠다.

"저 봐, 누가 타고 있잖아."

의식이 가물가물해지는 그녀를 깨우듯 남편의 항의 섞인 목소리가 들려왔다.

"저기 저렇게 누가 타고 있잖아."

"⋯⋯?"

"내가 그랬지⋯⋯ 누군가 타고 있을 거라구."

그 고속버스를 말하는 건가.

"내가 뭐랬어. 틀림없이 누군가 타고 있을 거라고 했잖아."

정말 그 고속버스에 누군가 타고 있기라도 한 걸까. 남편 눈에는 분명히 보이는 사람을 내가 미처 못 봤을 수도 있지 않은가. 그녀는 억지로 눈을 떴다. 해야 할 말조차 하지 않는 남편은 생전 가야 우스갯소리로라도 실없는 말 한마디 내뱉을 줄 몰랐다.

"어디요?"

곯아떨어진 사이에 그녀의 고개는 차창 쪽으로 비스듬히 돌아가 있었다.

"어디⋯⋯?"

반밖에 떠지지 않은 그녀의 눈에 어렴풋이 사람 얼굴

이 들어왔다. 순간 그녀는 졸음이 확 달아나면서 헛것을 본 듯 소름이 끼쳤다. 어깨를 부들부들 떠는 그녀의 미간에 깊이 주름이 잡히고 눈꼬리가 올라갔다. 소름 끼치도록 흐릿하고 무표정한 얼굴은 남편의 얼굴이었다. 화물트럭 한대가 그들이 탄 고속버스보다 앞서서 달리고 있을 뿐, 그 고속버스는 보이지 않았다. 그녀는 속은 기분이 들어 차창 속 남편의 얼굴을 흘겨보았다. 남편의 두 눈과 입은 그새 또다시 고집스레 다물려 있었다.

보름 전쯤이었다. 그녀가 부엌에서 찌개에 넣을 김치를 썰고 있는데, 손님이 왔다는 남편 목소리가 들려왔다. 그들은 미장원에 딸린 방 두칸짜리 살림집에 살았다. 종일 손님이라고는 앞머리를 자르고 간 중학생뿐이어서 그녀는 김치를 썰다 말고 종종걸음을 치며 미용실로 나갔다. 그러나 미용실에는 남편밖에 없었다. 남편은 미용실 구석에 구부정히 서서 거울을 빤히 들여다보고 있었다.

"손님은요?"

"저기 계시잖아."

"저기 어디요?"

"저기……"

허공으로 들어올려진 남편의 손이 거울 속 자신을 가리켰다. 거울에서 멀찍이 떨어져 있어서인지, 거울에 비친 남편의 모습은 납작하게 일그러져 보였다.

"난 파마 손님이라도 왔나 했지 뭐예요. 정말이지 염치라고는 벼룩의 간만큼도 없는 손님이 또 찾아왔네요. 당신이 저 손님 좀 쫓아버려요. 다시는 못 찾아오게 멀리 쫓아버려요. 멀리요, 멀리!"

그녀는 거울 속 남편을 향해 새되게 쏴붙이고 부엌으로 가 썰다 만 김치를 마저 썰었다.

치매가 오는 건 아닐 테지. 남편은 그녀보다 다섯살 위인 예순여덟살로 칠순이 내일모레였다. 아들에게서는 전화가 없었다. 며느리가 세상을 떠나면 여태까지 친정 쪽에서 돌봐온 손녀들을 친할머니인 자신이 데려다 돌봐야 하는 건 아닌가 하는 생각이 불쑥 들어 그녀는 자신도 모르게 고개를 흔들었다.

흔들리는 차창에 떠올라 희미해졌다 또렷해졌다, 멀어졌다 가까워졌다 위태롭고 아슬아슬한 남편의 익숙하고도 낯선 얼굴에서 그녀는 좀처럼 눈을 떼지 못했다.

"대전은 지났지요?"

얼굴이 돌처럼 굳는 듯해 그녀는 손가락으로 볼을 꾹꾹 눌렀다. 그녀의 손가락들은 그러나 얼굴보다도 더 단단히 굳어 마디들이 제대로 펴지지 않았다. 손은 밤만 되면 마디마디가 송곳으로 후벼파듯 저렸다. 낮에 파마 손님을 셋만 받아도 숟가락 들기가 무서울 만큼 열 손가락이 저릿저릿 떨렸다.

"병원에 다시 입원했다고 연락 왔을 때 한번 올라가볼 걸 그랬어요."

아들도 올라왔으면 싶은 눈치였지만 그녀는 모르는 척했다. 당일로 다녀올 수는 없고 하루라도 병간호를 해줘야 할 텐데, 그러려면 못해도 이틀 밤은 영락없이 병실 보조침대에서 자야 했다. 가는 데 하루, 오는 데 하루가 걸리니 나흘을 꼬박 미장원 문을 닫아야 했다.

"돈 나올 구멍이라고는 미장원밖에 없는데 나흘 문 닫기가 어디 말처럼 쉽나요. 다달이 연금이 나오는 것도 아니고요."

오가는 데 드는 차비 또한 만만치 않았다.

"입원한 지 얼마나 됐다고 금방 그렇게 될 줄 알았나요? 가망이 없는 거야 벌써부터 알고 있었지만 말이에요."

그녀는 말끝에 절망 어린 한숨을 내쉬었다.

"피 한방울 안 섞였다지만 그애가 그렇게 된 게 내 탓인지도 모르지요. 내 탓인지도요……"

그녀는 며느리가 한껏 멋을 부리고 아들을 따라 처음 인사를 오던 날을 떠올렸다. 양어깨와 등을 훤히 드러낸

웨딩드레스를 입어 그녀의 눈살을 찌푸리게 했던 결혼식 날 모습을, 큰손녀를 낳고 부은 얼굴로 산부인과 침대에 누워 있던 모습을, 항암치료를 받느라 머리카락이 흉하게 빠진 모습을……

"당신도 그렇게 생각해요?"

그녀는 내내 차창에 비친 남편의 얼굴에서 눈을 떼지 못하고 있었다.

"내가 지은 죄가 많아서……"

언젠가 남편이 동창에게 삼백만원을 빌려준 적이 있었다. 크게 설렁탕 식당을 냈다가 권리금마저 잃어 술에 찌들어 살더니 간암이 와 항암치료를 받는 중에 세상을 떠났다. 죽은 이와 함께 빚 삼백만원을 묻어두려는 남편을 대신해 그녀는 그 돈을 기어이 받아냈다.

"내가 모를 줄 알아요?"

그녀는 혀에 엉겨든 머리카락을 떼어내는 심정으로 말했다.

"나한테 떠밀었다는 걸 모를 줄 알아요?"

"………"

"내가 받아내기를 바랐던 거잖아요."

"………"

"그래 놓고 당신은 기껏 나보고 벌을 받을 거라고 저주를 퍼부었어요."

결국은 죽은 이의 부인이 일 다니던 식당을 몇번이나 찾아가 삼백만원을 기어코 받아오던 날 저녁을 그녀는 잊을 수가 없다. 상훈이 별 취직자리도 구하지 못한 상태에서 대학교 졸업을 앞두고 있을 때였다. 그녀는 그날 저녁 밥상에 놓여 있던 반찬들까지 세세하게 기억했다. 돼지고기김치찌개, 두부조림, 어묵볶음, 무생채, 봄동겉절이. 묵묵히 밥을 먹던 남편이 밥상 위로 목을 길게 늘어뜨리더니 그녀를 빤히 바라보았다. 그녀는 양재기에 찬밥과 봄동겉절이를 쏟아붓고 된장찌개 국물을 떠넣고 숟가락으로 뒤적뒤적 비비던 참이었다.

"벌을 받을 거야."

남편은 중얼거리다 남은 밥을 마저 먹고 밥상에서 일어섰다.

"네 아버지가 뭐라고 하셨냐?"

비빈 밥을 숟가락으로 떠 입으로 가져가다 말고 그녀는 아들에게 물었다.

"못 들었어요."

"나도 다 들었다. 뭐라고 하셨냐?"

"다 들으셨다면서요." 아들은 짜증을 냈다.

"너는 뭐라고 들었냐?"

"어머니가 들은 대로요."

"이제 옥산휴게소네요."

고속버스는 옥산휴게소도 그냥 지나쳐 갔다. 그녀는 어쩐지 사람을 한명도 태우지 않은 고속버스가 옥산휴게소에서 쉬고 있을 것 같은 기분이 들었다. 실내등을 끄고 시동을 끈 채 죽은 짐승처럼 납작 엎드려 있을 것 같았다.

"천안휴게소에서나 좀 쉬려나?"

그녀는 이상하게 슬프지도, 막막하거나 절망적이지도, 그렇다고 화가 치밀지도 않았다. 뒤숭숭 얽히고설킨 여러 감정들이 증발하고 뭐라고 설명할 길 없는 그 어떤 질기고 고약한 감정이 그녀의 머릿속뿐 아니라 그녀의 내장 밑바닥까지 그득 들어차 있었다.

"혹시 모르지요, 며느리가 고비를 넘겼는지도요……"

힘없이 중얼거리는 그녀의 눈이 감기고 있었다.

"그래 봤자 오늘내일일 거예요."

그녀는 고속버스가 멈춰 서 있는 것 같다고 느끼며 자조 섞인 목소리로 중얼거렸다.

*

　슬그머니 눈을 뜨고 무심히 차창을 바라보던 그녀는 화들짝 놀라 메마른 비명을 내질렀다. 내내 차창에 떠 있던 남편 얼굴이 증발하듯 사라지고 없어서였다. 그녀는 휘둥그레 버스 안을 둘러보았다. 빈 의자들뿐 고속버스에 그녀 말고 아무도 타고 있지 않았다. 함께 타고 있던 다른 승객 둘도, 운전기사도 보이지 않았다.

　휴게소 주차장이라는 걸 깨닫고서야 그녀는 겨우 안심하고 주춤 일으켰던 엉덩이를 도로 앉혔다. 화장실에 갔겠지. 휴게소에 섰으면 좀 깨울 것이지. 그러나 다른 승객들과 손에 종이컵을 든 운전기사가 차례로 돌아오도록 남편은 돌아오지 않았다.

　"기사님, 사람이 덜 탔어요."

　고속버스가 출발하려고 해 그녀는 운전기사를 향해 다급히 소리 질렀다.

　"사람이 덜 탔어요!"

　운전기사가 비적비적 일어나 고속버스 안을 둘러봤다.

　"우리 집 양반이 아직 안 탔어요."

　"아주머니 남편요?"

　"네……"

"아주머니 혼자 아니었어요?"

"혼자요?"

"아주머니 혼자였던 것 같은데……?"

운전기사가 고개를 갸웃거리다 도로 운전석으로 가서 앉았다.

"금방 올 거예요."

하지만 십분 가까이 지나도록 남편은 돌아오지 않았다. 그녀의 뒤에서 술기운 느껴지는 사내의 불평하는 목소리가 들려왔다. 고속버스가 남편을 남겨두고 당장이라도 출발할 것 같아 그녀는 불안했다.

"출발해요!"

운전기사가 협박조로 소리 질렀다.

"내가 가서 금방 찾아올게요."

그녀는 운전기사의 불평을 뒤로하고 고속버스에서 다급히 내렸다.

남편은 휴게소 화장실에도, 서늘한 정적이 흐르는 식당에도, 편의점에도 없었다. 커피자판기 주변과 흡연실도 살폈지만 그녀는 남편을 찾지 못했다.

혹시나 그사이 남편이 돌아왔을까 싶어 고속버스 쪽으로 걸음을 내딛던 그녀는 얼어붙듯 멈춰 섰다. 환하게 불을 밝힌 고속버스가 그녀 눈에 들어왔기 때문이다. 아무래도 빈 의자들만 싣고 고속도로를 유령처럼 내달리던 그 고속버스 같았다.

그 고속버스는 돌아오지 않는 승객을 기다리듯 문을 활짝 열어젖히고 있었다. 그녀와 남편이 타고 온 고속버스는 그 고속버스 뒤쪽에 전조등만을 밝힌 채 그림자처럼 어둡게 서 있었다. 그녀는 불현듯 그 텅 빈 고속버스에 오르고 싶은 충동을 느꼈다. 도착지가 어디든 가는 곳까지 타고 가고 싶었다. 자신도 모르게 고속버스 쪽으로 한발짝 한발짝 내딛던 그녀는 오한이 든 듯 온몸을 떨었다. 고속버스가 앞쪽으로 천천히 미끄러져나왔다. 전조등 불빛이 그녀의 초점이 풀어진 눈동자를 후벼파듯 내쐈다. 사방에서 몰아치는 바람을 맞으면서 떨고 서 있는 그녀를 치받을 듯 지나갔다.

누군가 타고 있다던 남편의 말이 불현듯 떠올라 버스 안을 살피는 그녀의 눈가가 바르르 떨렸다. 남편 말대로 누군가 타고 있었기 때문이다. 아무도 타고 있지 않은 줄 알았는데 남편 말대로 누군가…… 고속버스가 유유히 휴게소를 빠져나가 고속도로로 들어서는 것을 그녀는 넋놓고 바라봤다. 고속버스에 홀연히 타고 있던 누군가가 남편과 닮아서였다.

구덩이

터는 볕바른 곳이었다. 언 수도 배관 같은 몸이 볕을 쬐니 좀 풀리는 듯했다. 히터가 고장 난 남씨의 왜건에 짐짝처럼 실려 이곳까지 오는 동안 그의 몸은 한기가 잔뜩 들었다.

그는 서너모금 빤 담배를 던지고 오른쪽 레버로 손을 가져갔다. 바스켓을 오므리면서 그것에 달린 발톱들로 땅을 긁기 시작하자 굴착기가 요동쳤다. 굴착기를 통째로 재봉틀 위에 올려놓고 마구 페달을 밟아대는 것만 같았다. 굴착기 조종석 위 그는 뿌리까지 썩은 어금니처럼 불안하게 흔들렸다. 푸슬푸슬 흙먼지가 날리지만 구릿빛 땅은 단단히 얼어 있었다. 영하 10도를 밑도는 한파가 이주 넘게 이어지고 있는데다 간밤 기온이 영하 18도까지 떨어져 터 아래 응달진 곳에는 며칠 전 내린 눈이 녹지 않고 백설기처럼 두껍게 쌓여 있었다.

오후 서너시까지 그와 남씨는 터에 교실 크기쯤 되는 구덩이를 파놓아야 했다. 굴착기라면 이골이 났는데도 그는 벌써부터 골이 흔들리고 엉덩이가 쑤셨다. 굴착기 조종석에 앉아본 게 근 아홉달 만이어서일까. 묘 이장이 마지막이었으니까…… 절에서 받아왔다는 이장 날, 하필이면 비가 억수로 쏟아졌다. 땅이 수제비 반죽처럼 질퍽질퍽 무른데다 가파른 산턱이라 굴착기를 운전하는 게 쉽지 않았다. 그때 그 터에 비하면 오늘 구덩이를 팔 터는 양반이었다. 물 반, 흙 반 퍼올려 겨우 파놓은 구덩이에는 반백년도 더 전에 죽은 송장이 묻혔다.

　그는 구덩이가 전날보다 더디게 파지는 듯했다. 양손으로 레버를 쉴 새 없이 움직여 흙을 퍼내는데도 구덩이가 넓어지지도, 깊어지지도 않고 그대로인 듯했다. 혼자 구덩이를 파는 게 아닌데도 그랬다. 그의 맞은편 남씨의 굴착기는 조급해 보일 만큼 부지런히 흙을 퍼올리고 있었다. 그러잖아도 아내의 수술이 있는 날이어서 남씨는 조급증이 날 것이었다.

　"내일 수술 받아."

　지난밤 여관방에서 소주를 마시다 남씨는 아내가 서울 병원에 입원 중이라고 털어놓았다.

　"대장에 암 덩어리가 생겼지 뭐야. 생전 감기 한번 크게 알아본 적 없는 사람이 하루아침에 중환자가 됐지 뭐야. 진행이 꽤 됐다나봐."

"올라가봐야 하는 거 아니야?"

"수술비 대려면 돈을 벌어야 하니 별수 있어? 하루 병원비가 얼만데…… 서둘러 일 끝내고 밤에나 올라가봐야지."

구덩이가 더디게 파지는 듯해 지루해서 그렇지, 솔직히 그는 급할 게 없었다. 서둘러 마쳐봐야 소주 두어병 사들고 여관방에 기어들 일 말고는 없었다.

언제 다 파나 싶지만 구덩이는 어느 순간 보란 듯 패어 있을 것이었다.

남씨가 불쑥 그에게 연락을 해온 건 닷새 전이었다. 십년 넘도록 감감무소식이던 사람이었다.

"일거리가 있는데…… 어떻게, 여유가 되나?"

"얼마나……?"

"짧으면 닷새, 길면 보름."

"보름이나?"

보름이 길어서가 아니라, 닷새와 보름의 차이가 커서 그는 대뜸 그렇게 물었다.

"보름 더 할 수도 있고……"

뜻밖의 연락이었지만 그는 어쩐지 반갑지 않았다. 일이

씨가 말라 근 넉달 백수건달로 지내고 있었다. 겨울철 비수기인데다 몇해 전부터 그를 기억해 불러주는 업자가 거의 없었다.

"어떻게 내일 당장 내려올 수 있겠나?"

"무슨 일인데?"

"무슨 일은…… 구덩이 파는 일이지."

바스켓에 고정돼 있던 그의 눈길이 무심결에 살림집을 향했다. 흰 방수복과 방독면, 흰 운동화, 흰 장갑으로 중무장한 사람들이 돈사 주변과 살림집 마당을 점거하고 있었다. 머리부터 발끝까지 흰색으로 무장해서 마치 유령들 같았다.

신물 나도록 구덩이를 팠지만 이곳에 내려와서야 그는 처음으로 구덩이가 짐승처럼 느껴져 진저리 쳤다. 죽은 돼지 산 돼지 가리지 않고 집어삼키고 보는 짐승 곁을 떠나지 않고 맴도는 것은 깻잎장아찌처럼 쪼그라들고 거뭇한 새들이었다. 그 짐승이 돼지를 한마리라도 더 삼키려 가두리를 한껏 벌려대는 걸 그는 똑똑히 봤다.

하긴, 그때도…… 팔년 전이었다. 강화도 농가주택을 전원주택으로 개조하는 공사였다. 재래식 화장실을 수세식으로 바꾸면서 정화조 넣을 구덩이를 파야 했다. 늦봄이라 땅이 갓 찐 시루떡처럼 다습케 풀려 있어서 흙이 잘

떠졌다. 싱겁도록 후딱 파인 구덩이 바닥을 편편히 고르고 있는데, 구멍이 갑자기 푹 꺼지면서 둘레가 허물어져 내렸다. 당황한 그는 굴착기 바스켓을 재빨리 들어올리고 후진해 구덩이에서 달아났다. 순식간에 벌어진 일이라 기겁했지만 그는 대수롭지 않게 넘겼다. 그때 현장에 있던 일꾼들이 이구동성으로 말했듯 제대로 메우지 않고 덮어버린 우물이 구덩이와 만나 허물어져내린 것이라고 생각했다. 특별히 지반이 약한 곳도 아닌데다 주저앉듯 꺼졌으니까. 그런데 그는 이제야 그때 그 구덩이가 저 스스로 안으로 내려앉으며 커진 게 아닐까 하는 의문이 들었다.

그는 고개를 흔들고 바스켓으로 흙을 퍼올렸다. 뗏장처럼 두툼히 뭉친 흙덩어리가 바스켓에 담겨왔다.

자신들을 통째로 집어삼킬 구덩이가 만들어지고 있다는 걸 아는지 모르는지 돼지들이 조용했다. 허공으로 들어올려진 바스켓 저 아래로 내려다보이는 돈사는 웅달져 있었다. 잎이 전부 떨어져 싸리비 같은 잡나무들에 둘러싸여 있어서 을씨년스러운 분위기를 풍겼다. 그는 돈사를 향해 바스켓 발톱들을 한껏 쳐들었다.

오늘 팔 구덩이는 그가 팠던 구덩이들 중 크기로만 보자면 중간쯤에 해당했다. 그리고 구덩이에는 돼지 오백 마리가 내던져질 것이었다. 굴착기 기사로 살아온 세월이 그럭저럭 삼십여년, 별별 구덩이를 다 팠지만 돼지들을, 더구나 산 채로 파묻기 위한 구덩이를 판 적은 없었다.

굴착기 소리, 떼 지어 날아다니는 참새 소리에도 농장에는 적막한 평온이 감돌았다.

구덩이는 다른 곳에서도 패고 있을 것이었다.

전국적으로 구제역이 무섭게 퍼지고 있었다. 짐을 꾸려 이곳에 내려오기 전 그는 티브이 뉴스를 통해 그 소식을 지긋지긋하게 들었다.

살처분이라고 했나…… 땅속에 매몰된 가축이 전국적으로 이백만마리가 넘는다느니, 남아나는 소 돼지가 없을 거라느니, 도축장마다 일거리가 끊겨 도산 위기라느니, 이러다 한우 씨가 말라버릴 거라느니…… 구덩이로 돼지를 몰아넣는 뉴스 화면을 보기도 했다. 부옇게 모자이크 처리했지만, 구덩이 속으로 떨어지는 게 살아 있는 돼지라는 걸 알 수 있었다. 모자이크로도 가려지지 않는 돼지 특유의 살빛 때문이었다.

그의 점퍼 주머니 속 휴대전화가 보채듯 자지러진 것은 욕탕만 한 구덩이가 팼을 때였다. 어째 잠잠하다 싶더라니…… 십중팔구 아들 재구에게서 걸려온 전화이리라. 잠잠해질 때까지 기다렸다 그는 휴대전화를 꺼내들었다.

부재중 전화 열여섯통. 그는 지난 이십오년 동안 부재했던 자신을 생각하며 치미는 짜증을 억눌렀다. 아니, 이십칠년인가? 아들이 초등학교에 입학하던 바로 그해부터였으니까. 그는 통화 버튼을 누르려다 말고 휴대전화를 도로 주머니 속에 넣는다. 돈사 쪽에서 날아오른 산비둘기 두마리가 낫처럼 휘어진 곡선을 그리면서 날아갔다.

첫 부재중 전화는 새벽 두시에 걸려왔다. 큰일이 난 듯 휴대전화가 발작적으로 울릴 때 그는 여관방에서 세상모르고 곯아떨어져 있었다. 잠이 깨버렸지만 그는 휴대전화를 받지 않고 베개 밑으로 밀어넣었다. 부재중 세통이 찍힐 때까지 베개에 얼굴을 파묻고 버텼다. "급한 전화면 어쩌려고 그래?" 남씨가 짜증만 내지 않았어도 그는 끝까지 전화를 받지 않았을 것이었다. 발신인 이름이 뜨지 않는 걸 보고 혹시나 했는데 역시나 아들 재구였다. 오년여 만에 듣는 목소리였지만 그는 아들이란 걸 단박에 알아차렸다. 아들은 앞뒤 없이 다짜고짜 날이 밝는 대로 서울로 올라오라고 소리 질렀다. "이혼장 만들어놨으니까 올라와서 도장 찍어." 아들은 숫제 반말이었다.

성질머리가 날 꼭 닮았다더니…… 부자지간임을 부정할 수 없게, 아들은 겉뿐 아니라 속까지 그를 꼭 닮아 있었다.

오년여 전에도 아들은 제 부모를 이혼시키지 못해 안달이었다. 괘씸해하다가도 그는 막상 아들의 전화를 받으면 빚쟁이가 된 듯 전전긍긍했다. 그도 그럴 것이, 아들이 초등학교에 입학하던 그해 그는 집을 나왔다. 아버지인 그가 부재중인 동안 아들은 무섭게 자라 청년이 됐다. 전문대를 나온 아들은 변변한 직장에 자리를 못 잡고 떠도는 눈치였다. 친구들과 대학교 앞에서 호프집을 차렸다 빚만 지고 폐업했다는 소식을 전해 들은 게 벌써 삼년도 더 전이었다. 소식을 전해준 사람은 아이들 엄마의 팔촌쯤 되는 친척 오빠이자 그의 군대 동기였다. 아이들 엄마와 그를 중매해준 장본인이기도 했다.

흙을 열대여섯 바스켓 퍼내도록 휴대전화는 잦아들 줄 몰랐다. 그는 아예 전원을 꺼버리려다 폴더를 열고 통화 버튼을 눌렀다.

"올라오고 있는 거야? 내가 이혼장 들고 내려갈까? 내가 난리 치는 거 보고 싶어?"

설마 이혼장 들고 이곳까지 오지는 않겠지. 여기가 어딘 줄 알고…… 근데 여기가 어디지…… 내가 뭘 하고 있지…… 그는 바스켓을 들어올리다 말고 새삼스레 사방을 둘러보았다.

그렇지, 구덩일 파고 있었지……

그의 시선이 돈사 회색 슬레이트 지붕에서 하늘로, 까치집을 떠받든 나무로, 살림집 붉은 기와지붕을 미끄러지듯 내려가 마당으로, 수돗가를 지나 고운대처럼 뻗은 길 쪽으로 옮겨갔다. 차 한대가 겨우 지나다닐 만큼 좁고 구불거리는 비포장도로였다. 무심결에 그 길을 따라 뻗어나가던 그의 시선이 움찔 멎었다. 외부인 출입을 통제하기 위해 길에 쳐놓은 바리케이드에 시선이 가로막혔기 때문이다. 바리케이드 근처를 유령 둘이 지키고 서 있었다. 이곳 농장으로 이어지는 길은 그 길 하나였다. 고립무원인 외진 데까지 구제역이 퍼졌을까…… 아, 아니지…… 예방 차원의 매립이라고…… 어저께 돼지 천오백마리를 땅속에 파묻은 것도 순전히 예방 차원에서…… 알 게 뭐람.

지방에 내려와 있다고 재구에게 말했던가, 그럴 리가 없는데……그는 자신이 있는 곳을 아내에게든, 아이들에게든 제대로 알려준 적이 없었다. 그가 두해 전부터 경기도 오산에서 자리 잡고 살고 있다는 사실조차 아들은 까맣게 모르고 있었다.

두달 전쯤 그는 불쑥 아내와 아이들이 살고 있는 집 근처까지 찾아갔었다. 속 빈 비닐봉지처럼 이리 날리고 저리로 쏠리면서 살아온 그와 달리, 아내는 말뚝을 박은 듯 수색을 떠난 적이 없었다. 그 안에서 이사를 다니면서 살았다. 그렇다고 수색에 일가친척이 살고 있는 것도 아니었다. 강원도 홍천이 고향인데다, 결혼 전 내내 동대문 쪽에서만 산 그녀에게 수색은 아들이 두돌 지났을 즈음 값싼 전셋집을 구하다 흘러든 장소일 뿐이었다. 비현실적으로 느껴질 만큼 오랜만에 다시 찾은 그를 맞은 것은 '축 주택 재건축 정비 구역 지정'이라고 쓴 플래카드였다. 버스에서 내려 그 플래카드를 보는 순간, 그는 심장이 발목까지 내려앉는 듯했다. 늦었다는 후회와 자괴감이 공복에 찾아오는 현기증처럼 밀려들었다. 수색 주민센터 근처 식당에 들어가 소주 두병을 비우고 허탈하게 발길을 돌린 것은 그 때문이었다.

그전에 그가 수색을 마지막으로 찾아간 것은 구년도 더 전이었다. 무작정이던 지난번과 달리 그때는 단단히 각오하고 찾아갔었다. 집에는 마침 아내뿐이었다. "당신하고 긴히 상의할 게 있어서……" 죄인처럼 쩔쩔매는 그를 아내는 순순히 집에 들였다. 목포에서 새벽 첫차를 타고 왔다는 그의 말에 아무 대꾸 없이 부엌으로 가 밥상을 차렸다. 하지만 그는 찌개를 뜨던 숟가락을 내려놓고 쫓겨나다시피 집을 나와야 했다. 때마침 집에 돌아온 아들 때문이었다. 그를 보자마자 눈이 뒤집힌 아들은 흥분을 주체하지 못하고 밥상을 뒤엎었다. 아내는 애써 아들을 말리려 하지 않았다.

　구덩이를 십분의 이나 팠을까. 두 다리가 나른히 풀리
면서 배 속이 부글부글 끓었다. 휴대전화가 어린애 경기
하듯 떨어대 잠을 설친데다 묵고 있는 여관 옆 시장통 해
장국 식당에서 사 먹은 돼지머리 국밥이 속에서 탈을 일
으켜 하품과 트림이 번갈아 났다. 정작 돼지머리 국밥을
먹을 때는 괜찮았는데 뒤늦게야 욕지기가 치밀었다. 바로
전날 돼지 천오백마리를 구덩이 속에 파묻고 아무렇지 않
게 돼지머리 국밥을 먹다니……

　그는 결국 설사기를 느끼고 굴착기에서 내려왔다. 살림
집 쪽으로 조급히 발을 내디뎠다.

　웬 노인이 마루에 웅크려 앉아 담배를 피우고 있었다.
곶감처럼 쪼그라든 얼굴로 담뱃재가 날아들자 노인네는
눈을 가늘게 하고 뻐끔뻐끔 담배를 빨았다.

　유령 둘이 어디선가 나타나 그 앞으로 지나갔다.

　"저기……"

　그는 유령 하나를 붙잡아 세웠다.

　"화장실이……?"

　흰 방독면으로 얼굴을 거의 다 가려 두 눈동자만 빼꼼
내놓은 유령이 손을 들어 그의 어깨 너머를 가리켰다. 그

는 고개를 돌려 유령이 가리키는 곳을 바라봤다.

"어디……?"

그가 다시 고개를 돌렸을 때 유령은 가버리고 없었다. 그는 긴가민가하면서 합판으로 대충 짠 쪽문 쪽으로 걸어 갔다. 배 속은 부글부글 끓다 못해 뒤틀리고 있었다. 쪽문 안을 기웃거리는데 마침 아까 그 유령이 지나갔다.

"화장실이 어디요?"

유령이 쌍꺼풀진 눈을 끔벅이더니 쪽문 안을 손으로 가리켜 보였다. 아까 그 유령이 아니었나? 흰색으로 무장 해서 유령들을 구분하기가 쉽지 않았다. 그는 쪽문 안으 로 황급히 발을 내디뎠다. 쪽문 안은 기역자로 꺾인 통로 였다. 시멘트로 마감한 통로 바닥은 유령들이 낸 발자국 으로 지저분했다. 통로 모퉁이를 돌자 화장실이 나왔다.

대변은 시원히 봐지지 않았다. 그렇다고 화장실에 죽치 고 앉아 있을 수 없는 노릇이어서 그는 후들거리는 다리 를 일으켜세웠다.

통로를 걸어가던 그는 쪽문 옆에 기둥처럼 버티고 서 있는 청년을 보고는 화들짝 놀랐다. 순간적으로 아들 재 구가 서 있는 줄로 착각해서였다. 갈색 점퍼에 녹색 추리 닝 차림의 청년이 그를 쏘아보고 있었다. 눈빛이 불안하 게 흔들리는데다 오른쪽 눈가 근육이 심하게 떨리고 있었다. 표정은 멍하고 부자연스러웠다.

"개, 개새끼!"

그는 순간 멈칫했지만 못 들은 척했다. 쪽문 안 통로에 그 자신 말고는 아무도 없었지만 설마 자기에게 한 소리일까 싶어서였다.

"개······ 개새끼······"

애써 무시하고 쪽문으로 서둘러 발을 내딛던 그는 주춤했다. 아까 그 노인이 쪽문을 구부정히 지키고 서 있었다. 노인이 노란 고름 덩어리 같은 눈으로 그를 빤히 응시했다.

"흘려들으소. 소처럼 순해빠진 놈인데······ 나도 놀랐소. 교통사고를 당해 저리 반병신이 되었지 뭐요."

그는 그제야 청년의 표정이 이상하게 느껴졌던 게 이해됐다.

"사년제 대학교까지 공부시켜놨더니만 저리돼서는······ 저놈 때문에 이 늙은이 속이 잿더미가 됐소. 기술이라도 가르쳐볼까 했는데 말귀나 겨우 알아들으니 그것도 쉽지가 않고······ 그쪽처럼 굴착기 기사 자격증이라도 따서 먹고살게 하려고 학원에 보냈다 아까운 돈만 날렸지 뭐요."

내가 굴착기 기사인 걸 저 노인이 어떻게 알았을까. 그

194

역시 유령들처럼 흰색으로 중무장한 차림이었던 것이다.
방독면을 벗고 남색 모자를 머리에 눌러쓰고는 있었지
만…… 마루에 앉아 구덩이가 패는 걸 지켜보고 있었던
걸까.

"돼지라도 키워 먹고살게 하려고 했는데 그마저 글렀
지 뭐요."

"………"

"하루아침에 날벼락이라더니, 뭔 일인가 모르겠
네……"

그의 등 뒤에서 청년의 욕설이 또다시 들려온 것은 그
때였다. 외려 어눌해서일까. 그는 길을 가다 뒤통수를
얻어맞은 듯 황당하고 모멸감을 느꼈다. 욕이라면 이골
이 나도록 들으면서 살아왔는데도 그랬다. 저 자식이 근
데…… 뒤를 돌아다보려는 그를 노인이 황급히 손을 저어
가면서 말렸다.

"참으소, 참으소. 저놈이 아무래도 이게 다 댁이 벌인
짓이라고 생각하나보우."

"내가 벌인 짓이요?"

"그래서 저러는 걸 거요."

마침 유령 하나가 늙은이의 등 뒤로 지나갔다. 또 하나
가, 또…… 그리고 둘이 한꺼번에 지나갔다.

"몹쓸 전염병이 돌아 국가에서 소, 돼지를 깡그리 땅속에 파묻구 있다고 내가 그렇게나 말했는데 알아듣질 못하고…… 나라에서 하는 일이라구 내가 그렇게나……"

그는 청년을 흘끔 쏘아보고 쪽문 밖으로 나갔다. 쪽문 앞에 서서 매몰지가 될 터를 바라봤다. 유령 서넛이 작동을 멈춘 그의 굴착기 가까이 모여 서 있었다. 유령들은 뭔가를 상의하는 듯했다. 남씨의 굴착기는 열심히 흙을 퍼내고 있었다. 유령들이 터에서 내려오는 걸 바라보다 그는 고개를 푹 숙이고 터 쪽으로 발을 내디뎠다.

그가 문득 고개를 들었을 때 터에서 내려오던 유령들이 온데간데없었다. 그는 미간이 찌푸려지도록 얼굴을 긴장시키고 뒤를 돌아다봤다. 그런데 살림집 마당 어디서도 유령 하나 보이지 않았다. 증발한 듯 유령들이 한꺼번에 사라져버린 마당에는 적막만 가득했다. 다들 어디로 가버린 거지? 그가 중얼거리기 무섭게 유령들이 다시 나타났다. 수돗가에도, 쪽문 앞에도, 경운기 근처에도, 마루 앞에도 유령들이 우글우글 모여 있었다.

그는 정신을 차리려 머리를 흔들고 터 쪽으로 발을 내디뎠다. 그의 점퍼 주머니 속 휴대전화가 그새 또 자지러지고 있었다.

졸음이 쏟아지면서 그는 비몽사몽 무덤 쓸 구덩이를 파고 있는 듯한 기분이 들었다. 상고를 중퇴한 그가 굴착기 기사 자격증을 딴 것은 재구가 태어난 지 두돌이 지나서였다. 1980년대 초반, 건설 경기가 좋던 때라 일거리가 넘쳐났다. 그는 몇달씩 집을 떠나 공사 현장을 돌아다녔고, 밥을 대놓고 먹던 식당 여자와 그만 눈이 맞았다. 그보다 네살이나 더 먹은데다 자식이 둘이나 딸린 과부였다.

내내 한눈 한번 안 팔고 일하던 남씨가 굴착기에서 내려왔다. 팔을 크게 흔들어 그에게 잠시 숨을 돌리자는 표시를 해왔다.

굴착기에서 내려온 그는 입속이 까끌까끌해 침을 뱉고 구덩이 앞에 엉거주춤 쭈그려 앉았다. 구덩이 바닥에 난, 바스켓 발톱들이 긁고 지나간 자국을 물끄러미 내려다보았다. 억지로 흙을 퍼대서일까. 자국은 고르지 못하고 다투듯 어지러웠다.

남씨가 그의 옆으로 와 앉더니 담배를 건네왔다.

"수술은 잘 끝났대?"

"아직 연락이 없는 걸 보면…… 수술이 문제가 아닌 것 같아. 수술하고 난 뒤가 더 문제지 싶어. 수술 말고는 달리 도리가 없다니까 어쩔 수 없이 하는 거지만…… 평생 죽어라고 일만 했는데 이 모양이지 뭐야. 환갑이 내일모렌데 마누라는 죽네 사네 하지, 아들놈은 대학원까지 나와 백수 건달로 놀고 있지, 딸년은 서른 넘긴 지가 언젠데 시집갈 생각도 않지. 어떻게 된 게 끝날 것 같지가 않아……"

남씨가 담뱃재를 구덩이에 대고 털었다.

"그래도 자네가 나보다야 처지가 낫잖아."

동갑에 굴착기 기사 경력이 엇비슷하지만 남씨는 자신의 굴착기를 가지고 있었다. 그 만만치 않게 젊어서부터 객지로 떠돌았어도 한눈 한번 판 적 없었다. 샌님 같은 데가 있어서 돈도 착실히 모았다. 그도 한때나마 남씨처럼 자신의 굴착기를 굴리던 시절이 있었다. 할부로 덥석 굴착기를 사들였다 일년 만에 도로 팔았다. 다달이 갚아야 하는 할부금을 갚지 못해서였다. 그때만 해도 굴착기가 웬만한 집 한채 값이었다. 처자식을 내팽개치면서까지 붙어살던 여자와 철천지원수가 되어 갈라선 것도, 오개월을 꼬박 일해주고 만원 한장 받지 못한 것도, 이틀이 멀다 하고 고스톱으로 날밤을 새우던 것도 그즈음이었다.

그는 불씨가 살아 있는 담배꽁초를 구덩이로 내던지고 불씨가 구덩이에서 허무히 꺼져드는 걸 조용히 지켜봤다. 구덩이가 다 파이면 오백여마리의 돼지가 산 채로 묻힐 것이었다. '발굴 금지'라는 경고문이 적힌 푯말이 비석처럼 세워질 것이었다. 삼년이라고 했던가? 사년? 아무튼 그간에는 이 터에 배추 한포기 심을 수 없었다.

구덩이는 여전히 더디게 파였다. 서너시는커녕 날이 어둑해지기 전에 끝낼 수 있을까 싶었다. 봉오리가 뾰족한 산이 농가 서쪽에 병풍처럼 서 있어서 다섯시면 해가 떨어지는데다, 구덩이를 판 걸로 끝이 아니었다. 구덩이까지 돼지들을 끌어다 파묻고, 흙으로 덮고 하려면…… 가축의 살처분, 그러니까 매몰 과정은 대충 이랬다. 다 판 구덩이를 이중 비닐로 씌우고 매몰할 가축들을 부려넣고 복토로 덮는다. 복토 위를 성토로 메우고 비닐로 덮는다. 미생물 용액을 살포하고, 출입 금지를 알리는 안전띠를 매몰지 경계에 두른다. 매몰지임을 알리는 푯말을 세우는 것으로 매몰 작업은 마무리된다.

땅이 흔들렸어…… 전날 돼지 천오백여마리를 구덩이에 파묻고 마무리 작업을 얼추 끝냈을 때였다. 굴착기에서 내려와 두 발을 내딛던 그는 매몰지 일대 땅이 흔들리는 걸 느꼈다. 착각이겠지 했는데 그게 아니었다. 그 혼자만 느낀 게 아니었다. 가까이 있던 유령 둘이 자기들끼리 나직이 주고받는 말소리가 그에게 들려왔던 것이다.

"돼지들이 몸부림을 치는군……"

유령 하나가 매몰지 한가운데 경고 푯말을 세우고 있었다. 그 유령 너머 서쪽 산 너머 낮게 내려앉아 있던 하늘이 핏빛으로 물들고 있었다. 핏빛은 점점 짙어지고 탁해지며 땅으로 깔려왔다.

나는 구덩이만 팔 뿐이야⋯⋯ 그 구덩이에 뭘 묻든 내가 알 바 아니야⋯⋯

구천마리라고 했나? 오늘 아침 남씨의 왜건에 실려 이곳 농장까지 달려오는 동안 차창 밖으로 스쳐 지나간 풍경은 단조롭고 황량하기 그지없었다. 비슷비슷해서 똑같은 필름이 반복해서 돌아가는 듯했다. 산, 하늘, 농가, 논밭, 비닐하우스, 돈사, 길⋯⋯ 그리고 매몰지.

"저곳에 돼지가 몇마리나 묻혔는지 알아?"

남씨가 그렇게 물어온 것은 읍내를 벗어나 이십분쯤 달렸을 때였다.

오백평쯤 될까? 일대를 뒤덮은 파란 비닐이 물결처럼 바람에 일렁이고 있었다. 삼사천마리, 중얼거리면서 그는 남씨를 흘끗 바라봤다.

"구천마리."

휴대전화가 또다시 자지러졌다. 가라앉나 싶던 설사기가 갑자기 심해져 창자가 끊어지는 것 같았다.

그는 굴착기에서 내려와 살림집 쪽으로 다급히 뛰어내

려갔다. 쪽문으로 향하는데, 살림집 마루 미닫이문이 슬그머니 열리더니, 터진 양말 새로 발가락이 내밀어지듯 웬 여자가 불쑥 얼굴을 내밀었다. 여자는 고개를 쳐들고 매몰지인 터를 바라봤다. 베트남? 캄보디아? 여자는 피부색이 어두웠다. 기껏해야 스물한두살이나 먹었을까. 외국인 며느리를 들였나보군. 먼 데까지 시집와 안 해도 될 구경을 하게 생겼네. 그는 자조적으로 중얼거렸다. 여자는 그가 자신을 쳐다보는 것도 모르고 유령들을 호기심 어린 눈으로 바라보았다. 은미보다 어리겠어…… 딸애의 이름이 그의 입에서 깨진 생니처럼 튀어나왔다. 혼인신고만 하고 살던 남자와 이혼했다는 소식을 끝으로 그는 딸애의 소식을 듣지 못했다. 내가 아버지 노릇만 제대로 했어도 웬만한 남자를 만나 떳떳하게 결혼식도 올리고 잘 살았을까.

여자의 얼굴이 머뭇머뭇 그를 향했다. 소처럼 큼직한 눈을 끔벅끔벅하더니 미닫이문을 소리 나게 닫았다. 멋쩍어하면서 쪽문 안으로 발을 들여놓는 그를, 아까 그 청년이 쳐다보고 있었다. 유령 대여섯이 안개처럼 우르르 청년 앞으로 지나갔다.

속 시원히 봐지지 않았다. 억지로 몸을 일으키던 그의 눈이 화장실 벽에 뚫린 구멍으로 향했다. 두루마리 화장지만 한 구멍이었다.

바지를 주섬주섬 끌어올리면서 그는 구멍에 얼굴을 들이밀었다. 돈사가 보였다. 유령 하나가 돈사에서 뛰쳐나오더니 돈사 회색 벽에 얼굴을 박고 구역질을 해댔다. 위를 통째로 토하기라도 하는 듯 유령의 흰 어깨가 격하게 떨렸다.

먹고살려면 별수 있나…… 그는 유령이 자신의 말을 듣기라도 하는 듯 중얼거렸다. 구멍에서 얼굴을 거두려는데, 청년이 그의 눈에 들어왔다. 청년은 누렇게 시든 풀밭에 두 다리를 말뚝처럼 박고 서 있었다. 청년의 고개가 화장실 쪽을 향했다. 순간 그는, 청년과 자신의 눈이 그만 딱 마주친 것 같은 기분에 사로잡혔다.

설마…… 구멍은 그의 얼굴보다 작았다. 게다가 구멍과 청년과의 거리는 사오 미터는 되었다. 그런데도 그는 청년이 구멍 속 자신을 쳐다보는 듯한 기분이 들어 구멍에서 눈을 거두지 못하고 있는데, 화장실 문이 덜컥덜컥 흔들렸다.

"나가요, 나가!"

그가 나가기 무섭게 유령이 화장실 안으로 뛰어들어가더니 문을 부술 듯 닫았다. 이내 변기 바닥에 오줌 줄기 떨어지는 소리가 들려왔다.

농장을 점거한 유령은 자가 증식하듯 그새 불어나 있었다. 유령들의 움직임은 한없이 굼뜨고 늘어졌다. 생기와 의욕이라고는 찾아볼 수 없지만 클로즈업해 바라보면 초조하고 불안한 기색을 엿볼 수 있었다. 흰색 속에 꼭꼭 숨기고 있지만 유령들의 뼛속 깊숙이까지 불만과 공포, 분노가 들어차 있다는 걸 그는 잘 알았다. 구덩이가 다 패면, 유령들은 살처분할 돼지들을 어떻게든 돈사에서 구덩이까지 몰고 와야 했다. 혼비백산하는 돼지가 있으면 질질 끌고서라도. 구덩이로 던져질 때 돼지들의 발톱이 전부 빠져 있을 만큼 아비규환이었다. "아마 다들 미치기 직전일 거야." 그것은 전날 남씨가 한 말이었다.

유령들 속에 서 있는 청년이 그의 눈에 들어왔다. 시든 풀밭에 서 있던 그는 어느새 유령들 사이에 서서 그를 쳐다보고 있었다.

그는 흙을 퍼내는 게 굴착기 바스켓이 아니라 자신의 손만 같았다. 바스켓의 둔중하고 거대한 발톱들이 자신의 손에 매달려 있는 것만 같았다. 손목뿐 아니라 어깨까지 힘이 잔뜩 들어가고 손가락들이 부들부들 떨렸다. 바스켓 발톱들이 땅바닥을 드르륵 긁으면서 파헤칠 때마다 그 진동이 심장까지 전해졌다. 바스켓에 담겨오는 흙의 무게가 고스란히 느껴졌다.

구덩이는 그가 화장실에 들락거리는 바람에 한없이 더 디게 파졌다. 살림집까지 내려가 화장실에 다녀오는 데 십오분은 소요되었다. 그사이 그는 두차례 더 화장실에 다녀왔다. 화장실에 다녀올 때마다 작업 흐름이 끊겼다.

남씨가 그에게 기어이 한마디 해왔다.

"서둘러 끝내자구. 해 떨어지는 거 금방이야."

말린 무화과처럼 구겨진 남씨의 얼굴에 그를 그곳까지 불러 내린 것을 후회하는 표정이 스쳤다.

그가 굴착기 운전대에 올라앉기 무섭게 휴대전화가 울렸다.

정말, 제 부모를 기어코 이혼시킬 작정인가.

"어디야? 어디냐니까!"

"구덩이……"

"구덩이?"

"구덩이……"

이혼을 원하지 않았던 쪽은 자신이 아니라 네 엄마였다고 그는 입속말로 웅얼거렸다.

식당 여자에게 미쳐 있을 때 그는 어떻게든 이혼하려 했다. 고작 서른살이던 아내는 아이들 때문에 죽어도 이혼은 할 수 없다고 버텼다. 그의 윽박과 주먹질을 견디다 못해 맨발로 집을 뛰쳐나가기까지 했다.

한시가 돼서야 점심 도시락을 먹고 남씨는 커피를 얻어 마시러 살림집 쪽으로 내려갔다. 십분의 삼이나 팠을까. 구덩이 앞에 버티고 서서 담배를 태우던 그의 오른발이 구덩이 속으로 미끄러진 것은 순식간이었다. 어어, 하는 사이 그의 왼발마저 속수무책 구덩이 속에 삼켜졌다.

패대기쳐지듯 든 구덩이를 그는 얼떨떨한 얼굴로 둘러봤다. 깊이가 겨우 그의 가슴팍까지밖에 안 되는데도 구덩이는 위에서 내려다볼 때와 그 느낌이 달랐다. 구덩이밖으로 나가려다 말고 그는 구덩이 한가운데로 터벅터벅 걸어갔다. 고개를 쳐들고 하늘을 올려다봤다.

저거야말로 영락없는 구덩이군······

구름 한점 없이 파래서일까. 하늘은 구덩이였다. 깊이도, 넓이도 가늠할 수 없는 거대한 구덩이. 저 구덩이는 누가 팠을까.

그는 머리 위 구덩이에서 좀처럼 눈을 떼지 못했다. 참새 떼가 구덩이 속을 날아갔다. 자신이 두 발을 딛고 선 구덩이에서 머리 위의 더 거대한 구덩이 속으로 빨려들어가는 듯한 착각에 휩싸여 있는데 남씨의 목소리가 들려왔다.

"중근이, 거기서 뭐 해?"

남씨가 허리에 두 손을 얹고 구덩이 밖에서 그를 내려다봤다.

"무슨 문제라도 있어?"

"그게 아니라 구덩이가⋯⋯"

"구덩이가 왜?"

"아니야, 아무것도⋯⋯"

"서두르자구!"

남씨가 그를 재촉하고 구덩이에서 돌아섰다. 그는 구덩이 밖으로 나가려 경사가 완만한 곳을 찾아 발을 내디뎠다. 구덩이 밖으로 오른발을 내밀려는 찰나 왼발이 쭉 미끄러지면서 구덩이 속으로 떨어졌다. 그는 다시 발을 내디뎠고 역시나 보기 좋게 미끄러졌다. 그렇게 네번을 연거푸 나뒹굴듯 구덩이 속으로 떨어지자 그는 당혹스럽고 겁이 덜컥 났다. 두 다리가 후들후들 떨렸다. 구덩이가 그의 두 발을 끌어당기고 있었다.

"못 나가겠어. 발이 자꾸 미끄러져서⋯⋯"

그가 난감해하자 남씨가 구덩이 안으로 손을 내밀었다. 그는 남씨의 손을 붙잡고 겨우 구덩이 밖으로 나왔다.

"자네 오늘 왜 그래?" 남씨가 애써 짜증을 누그러뜨리고 그에게 담배를 건넸다.

자신을 좀처럼 놓아주지 않던 구덩이를 들여다보면서,

그는 하관이 움푹 꺼지도록 담배를 빨았다.

"자넨 뭘 믿고 사나?"

"뜬금없이?"

"그냥…… 다들 뭘 믿고 사나 싶어서."

"우리 같은 사람들이야 처자식 믿고 사는 거지." 남씨
는 중얼거리고 구덩이에 가래 섞인 침을 뱉었다.

바스켓으로 흙을 퍼올리다 말고 그는 굴착기에서 내려
왔다.

마루 미닫이문 새로 얼굴만 겨우 내밀고 구경하던 여
자가 마당에 나와 서 있었다. 여자의 볼록한 배를 보고 그
는 자신도 모르게 흠칫 놀랐다. 만삭인가 싶게 여자의 배
는 꽤 불러 있었다.

교통사고 후유증을 앓는 아들과 외국에서 얻어온 어린
며느리. 노인은 일찌감치 자신의 농장에 닥친 불행에 순
응하기로 마음먹었는지 자신의 농장에서 벌어지는 일을
방관하듯 잠자코 구경했다. 아무튼 그 덕분에 구덩이가
더디게 패는 것 말고는 매몰 작업이 순조롭게 진행되는
듯했다. 돈사 쪽에서도 별달리 소란스러운 소리가 들려오
지 않는 걸 보면…… 전날 매몰 작업을 나간 농장에서는
주인 여자가 돈사에 들어 울고불고 난리를 치는 바람에

몹시 어수선했다.

쪽문 안으로 발을 들여놓으려던 그는 멈칫했다. 누군
가 그의 옆으로 지나갔다. 또 그 자식인가 싶었는데 아니
었다. 유령도 아니었다. 이 농장에 누가 또 있었군. 그런데
누가?

"주, 죽여버릴 거야!"

그는 기껏 움켜잡은 화장실 문손잡이를 놓고 훌쩍 고
개를 돌렸다. 그 자식…… 청년이 통로에 서서 그를 쏘아
보았다.

"저 자식이 근데……?"

"죽여버릴 거야."

똑같은 말을 전에도 들었는데…… 그는 그 말을 아들
에게 들었다는 걸 기억해냈다. 아들은 그때 중학생이었
다. 할부로 사들인 굴착기를 팔아 치우고, 목포까지 내려
가 살 때였다. 아내가 용서하고 받아주기만 한다면 집으
로 돌아가고 싶은 생각이 굴뚝같던 때이기도 했다. 염치
불고하고 아내에게 전화를 넣은 것은 그 때문이었다. 설
에 다니러 가겠다는 말을 어렵게 건네자마자 아들이 전화
기를 빼앗아들었다. 죽여버릴 거야. 변성기라 잔뜩 쉰 목
소리로 아들은 소리를 질러댔다. 아들이 크고 있다는 걸,
아버지인 자신을 똑똑히 지켜보고 있다는 걸 그는 그제야

처음으로 절감했다.

그가 화장실에서 나왔을 때 청년은 여전히 통로를 지키고 서 있었다.

"내가 하는 일이 아니야. 나는 구덩이만 팔 뿐이라구."

그는 그러곤 청년을 밀치듯 지나쳐 마당으로 나왔다.

수돗가에서 손을 씻는데 누군가 그의 옆으로 지나갔다. 역시 누가 있었군. 수도꼭지를 잠그고 고개를 돌리기가 무섭게 그 누군가는 사라지고 없었다. 다급히 찾았지만 유령들만 눈에 들어왔다.

"어르신…… 혹시 이 집에 또 누가 사나요?"

"누가……?"

"어르신하고 아드님 내외 말고 이 집에 또 누가 사나 해서요."

"난 또……"

고개를 주억거리는 노인의 눈이 의뭉스럽게 보일 만큼 가늘어졌다.

"또 누가……?"

"그러게나, 또 누가 살더라?"

노인은 도리어 수수께끼 같은 질문을 던지고 엉거주춤히 몸을 일으켰다. 미닫이문 안으로 드는 노인을 그는 의아히 바라봤다.

터 쪽으로 발을 내디디려는데 누군가 그 앞으로 지나갔다. 그가 주뼛주뼛하는 사이에 누군가는 살림집 모퉁이를 끼고 돌아 사라졌다.

어느새 오후 세시였다. 날이 흐려지면서 양지였던 터가 음지로 바뀌었다. 그럭저럭 절반쯤 팠을까. 유령 둘이 터로 올라왔다. 유령들은 그의 굴착기를 지나쳐 남씨의 굴착기로 다가갔다. 남씨가 흙을 퍼올리다 말고 굴착기에서 내려왔다. 남씨와 유령들은 뭔가를 상의하듯 이야기를 주고받았다. 유령들이 내려가자마자 남씨가 그에게 굴착기에서 내려오라는 손짓을 해 보였다. 그를 쳐다보는 남씨의 표정이 어딘가 심각했다. 눈치가 어쩐지 방금 다녀간 유령들에게 뭔가 좋지 않은 이야기를 들은 것 같았다.

"자네 주인 영감 아들하고 무슨 일이 있었던 거야?"

"일?"

"자네가 주인 영감 아들하고 싸우는 걸 누가 봤다더군."

"누가 봤다는데?"

"욱하는 성질 아직도 못 버린 거야? 다들 얼마나 조심하는지 몰라서 그래? 하여튼 조심해."

남씨는 더는 말을 섞고 싶지 않은지 그로부터 돌아섰다.

"뭘 자꾸 조심하라는 거야?"

그는 남씨의 등에 대고 낮게 중얼거렸다.

못 들은 척 자신의 굴착기에 오르는 남씨를 노려보던 그는 자신의 굴착기로 돌아서다 말고 살림집 쪽으로 발을 내디뎠다.

마루 미닫이문은 꼭 닫혀 있었다. 마당에는 유령들뿐이었다. 유령은 오전보다 눈에 띄게 늘어나 있었다. 돼지들을 생매장할 구덩이에 씌울 방수 비닐이 마당 한쪽에 부려져 있었다. 비닐 자락이 펄럭펄럭 바람에 나부끼는 소리가 스산하게 마당에 떠돌았다.

수돗가 앞에 웅크려 앉아 졸고 있던 유령이 슬그머니 고개를 들고 아무 감정이 담기지 않은 흐리멍덩히 풀어진 눈으로 그를 바라봤다.

쪽문에서 나와 청년을 무심히 지나쳐 서너걸음 내딛던 그는 멈칫 섰다.

"지옥에 떨어져라!"

그는 한발 한발 도장을 찍듯 내디뎌 청년에게 다가갔다. 꽉 그러쥔 손으로 청년의 가슴팍을 툭 쳤다. 청년이 뒷걸음질 치면서 휘청 흔들렸다.

그를 쳐다보는 청년의 눈동자가 초점을 잃고 어지럽게 흔들렸다. 오른쪽 눈동자 아래 보랏빛 근육이 심하게 떨렸다.

"다시 말해봐!"

"놔주소."

노인의 목소리가 끼어든 것은 그의 손이 청년의 멱살을 움켜쥐려는 순간이었다.

"미친……!"

그는 혀를 씹듯 내뱉고 청년에게서 돌아섰다. 쪽문으로 발을 내딛던 그는 뭔가가 자신의 뒤통수를 내리치는 걸 느꼈다. 둔중하고 강한 뭔가가 정수리 바로 아래를…… 그는 현기증을 느끼고 비틀거리다 천천히 뒤를 돌아다봤다.

청년의 손에 들린 망치를 바라보는 그의 입에서 피식 웃음이 새나왔다.

"아이고, 괜찮소?"

우는 것 같은 소리로 물어오는 노인을 무시하고 그는 굴착기를 향해 휘적휘적 발을 내디뎠다.

머리가 무겁고 어지러웠다. 망치가 뒤통수를 내리치던 순간에는 몰랐는데 욱신욱신 통증이 느껴졌다.

굴착기 운전석에 앉아 시동을 걸던 그는, 목덜미를 타고 끈적끈적한 게 흘러내리는 걸 느꼈다. 그는 레버로 가져가던 손을 들어 목덜미를 더듬었다. 손가락에 묻어나는 것은 피였다. 망치에 얻어맞은 곳에서 피가 흐르고 있었다. 그는 엉덩이를 들고 깔고 앉던 갈색 수건을 빼냈다. 때가 심하게 낀 수건을 목덜미로 가져갔다. 조금 흐르다 멎겠지…… 그는 스스로를 안심시킨 뒤 수건을 목에 감듯이 두르고 시동을 걸었다.

자꾸만 감기는 눈을 억지로 치뜨고 그는 구덩이 바닥에 바스켓을 내리꽂았다. 허공으로 들어올려지는 바스켓은 비어 있었다. 정신 차려…… 그는 스스로를 다그치고 바스켓을 다시 구덩이 바닥으로 가져갔다. 굴착기가 들썩들썩 들리도록 바스켓으로 구덩이 바닥을 긁었다.

구덩이…… 구덩이를 파야지…… 구…… 덩이……

바스켓 발톱들이 절규하듯 긁고 지나간 자국이 구덩이 경사면을 따라 굵은 빗줄기처럼 흘러내렸다.

남씨의 굴착기가 경사면의 혹처럼 튀어나온 부분을 바스켓으로 긁고 있을 때였다. 검은 고무장화를 챙겨 신은 노인이 터로 난 길을 휘적휘적 올라왔다. 노인이 구덩이 속으로 뛰어든 것은 순식간이었다. 때마침 유령 셋이 구덩이를 살피고 있었지만 말릴 새가 없었다. 말이 뛰어든 것이지, 모양새는 영락없이 굴러떨어진 꼴이었다.

남씨가 허겁지겁 굴착기에서 내려왔다. 유령들과 남씨가 노인을 향해 구덩이에서 나오라고 소리를 질렀다. 하지만 구덩이는 노인 스스로 기어나오기에는 지나치게 깊고 경사가 심했다. 안 되겠다 싶었는지 유령 셋이 구덩이로 뛰어들었다.

"차라리 날 묻어라."

노인은 유령들의 손을 뿌리치며 아예 구덩이 바닥에 드러누워버렸다.

"날 묻어……"

마당과 돈사 주변에 무리무리 모여 있던 유령들이 구덩이로 몰려왔다. 유령 셋이 노인을 감당 못하자 유령 넷이 더 구덩이로 뛰어들었다. 구덩이 바닥에 누워 발버둥치면서 울부짖는 노인과 노인을 끌어내려는 유령들로 구덩이는 난장판이었다. 까마귀 울음소리와 돈사 돼지들의 괴상한 울부짖음까지 더해서 아수라장이 펼쳐지고 있는데도 불구하고 그의 두 눈은 몽롱하게 흐려지는 의식과 쏟아지는 졸음 때문에 반쯤 감겨 있었다.

구덩이 위 둥지처럼 떠 있던 굴착기 바스켓에서 흙이 주룩 흘렀다. 한줌 될까 말까였지만 흙은 하필이면 노인 위로 떨어졌다. 남씨가 그를 향해 바스켓을 구덩이 밖으로 치우라는 손짓을 해왔다. 그는 레버로 더듬더듬 손을 가져갔다. 바스켓이 더 심하게 기울어지면서 흙이 구덩이 속 노인과 유령들 위로 떨어졌다. 취토요! 취토요! 그렇게 외치는 소리가 들려오는 것 같았다.

구덩이는 텅 비었고 아무 일 없었다는 듯 고요했다. 그의 머리 위 깊이도, 넓이도 가늠할 수 없는 구덩이 역시 마찬가지였다.

일군의 유령들이 비닐을 십시일반 나눠 들고 구덩이로 몰려왔다. 유령들은 비닐을 펼치면서 구덩이를 포위하듯 둥그렇게 에워쌌다. 거대한 빙하 같은 비닐이 구덩이에 들러붙었다.

비닐 씌우는 작업을 끝내자마자 유령들은 몇만 남고 서둘러 살림집 쪽으로 내려갔다.

그는 굴착기에서 내려갔다. 남씨가 굴착기에서 내려와 그에게 다가왔다.

"일곱시는 넘어야 끝나겠어."

"어떻게 오늘…… 서울에 올라갈 수 있겠어?"

"아무리 늦더라도 올라가봐야지. 그래도 삼십년 넘게 데리고 산 여자가 대수술을 했는데……"

일곱시에 끝난다고 해도 뒷정리를 하다보면 여덟시는 돼야 출발할 수 있을 것이었다. 서울까지 네시간은 족히 걸리니까 자정 지나야……

"마취에서 깨어나며 날 찾았다지 뭐야. 나 같은 인간 만나 그 몹쓸 병이 들었다고 원망할 때는 언제고 그래도 남편이라고……"

"실은 나도 서울에 볼일이 있어서 올라가봐야 해."

"자네도?"

남씨가 그를 쳐다봤다.

"늦더라도……"

"급한 일이야?"

"해결할 일이 있어서…… 아무튼 아무리 늦더라도……"

"일이나 끝내고 보자고."

"참, 수술은 잘됐대?"

"그게…… 그냥 덮었대."

"……?"

"암이 다른 데까지 퍼져서 손을 도저히 못 댔나봐."

남씨가 울음이 터져나올 것 같은 얼굴에 애써 허탈한 웃음을 띠며 구덩이에서 돌아섰다. 비닐 냄새가 소독약 냄새와 뒤섞여 구덩이에서 올라왔다. 비닐을 씌워놓으니 구덩이는 이물스럽기까지 했다.

그냥 덮었단 말이지, 저 구덩이나 그냥 덮어버렸으면 좋겠군…… 중얼거리는 그의 몸이 자꾸만 구덩이로 기울었다. 그는 간신히 몸의 중심을 잡고 구덩이에서 돌아섰다. 유령 하나가 그런 그를 유심히 지켜보고 있었다. 어스

름 때문에 유령은 더 유령 같았다. 눈앞이 가물가물해지
면서 유령이 여럿으로 흩어져 보였다. 머리가 갑자기 바
위처럼 묵직이 목을 눌러 비틀거리던 그는 간신히 중심을
잡고 유령 쪽으로 발을 내디뎠다. 그의 굴착기가 하필이
면 유령 뒤에 있었다.

지나치다 말고 그는 유령의 흰 방독면을 쓴 얼굴에 자
신의 얼굴을 바짝 들이댔다.

"그냥 덮었다지 뭐요."

"……?"

"구덩일……"

서쪽 산에서 불어내리는 바람이 구덩이 속을 훑고 지
나가면서 물결이 일듯 비닐이 출렁였다. 어느새 돈사에서
부터 구덩이까지 바리케이드로 벽을 친 길이 만들어졌다.
돼지들을 구덩이까지 몰기 위해 유령들이 곳곳에 삼삼오
오 무리 지어 서 있었다.

살림집 마당을 살피던 그의 눈가가 떨렸다.

재구 아니야……?

수돗가 가까이 아들이 서 있었다. 아들 뒤로 누군가 지
나갔다. 저봐, 누군가 있잖아…… 그가 누군가를 좇는 사
이에 아들은 청년의 모습으로 바뀌어 있었다. 목에 두른

수건이 피로 흥건히 젖어들고 등줄기를 타고 피가 흘러내렸지만 그는 그새 다른 데 정신이 팔려 느끼지 못했다. 돈사에서 돼지들이 몰려나오고 있었다.

뿌리 뽑힌 자들의 비명

이병창

1

필자는 문학을 전공으로 하는 사람이 아니다. 그저 문학을 좋아하고 특히 김숨의 소설을 무척이나 좋아하는 애독자이다. 김숨은 어쩌자고 이런 사람의 글을 자기 소설 뒤에 싣겠다고 제안했는지 잘 모른다. 그런 제안은 애독자로서 필자에겐 무척이나 행복한 제안이다. 하지만 혹여나 필자의 서투른 글 때문에 김숨의 소설이 지닌 매력이 손상당하지나 않을까 우려된다.

필자는 김숨의 글을 손에 닿는 대로 읽었을 뿐, 전체를 안다고는 결코 말할 수 없다. 하지만 애독자로서 감히 말한다면(이건 애독자의 권리일 텐데) 그는 이 사회에서 뿌리 뽑힌 사람들을 다룬다. 그들은 마침내 자폐적인 세계로까지 밀려들어가 암흑 속에 갇힌 듯하다. 그러나 김숨의 놀라운 감성은 이런 자폐적인 세계 속에서 어떤 희미한 희망을 찾아낸다. 필자는 김숨이 우리 시대 카프카가 아닐까 생각해왔다. 왜냐하면 김숨의 소설들이 주는 느낌은 카프카의 『변신』의 마지막 장면을 상기시키기 때문이다. 『변신』에서 주인공은 마침내 자신이 벌레라는 것을 깨닫는다. 그리고 그는 몸을 밀면서 마지막까지 버티던 자기 집을 떠난다. 그때 어떤 희미한 빛이 먼 곳에서 비추어온다.

필자는 김숨의 소설들 전체를 거론할 능력이 없다. 다만 이번 소설집에 한정해서, 특히 세편의 단편에 집중해 김숨의 단편들에 대해 말하고자 한다. 하나는 「구덩이」라는 단편이며 다른 하나는 「국수」, 그리고 마지막으로 「아무도 돌아오지 않는 밤」이라는 단편이다. 왜 하필 이 세편인가? 그것은 이 세편의 단편들을 하나로 묶으면 김숨의 세계가 지닌 전체적인 얼개가 드러나지 않을까 싶기 때문이다.

2

우선 「구덩이」로부터 시작하자. 필자는 이 단편에 '김숨의 모든 것'이 있지 않나 생각한다. 왜냐하면 이 단편은 김숨의 세계에 자주 나오는 인물들의 관계 가운데 가장 기본적인 관계를 보여주기 때문이다.

「구덩이」에서 형식적으로 가장 눈에 띄는 것은 바로 거울 대칭 구조이다. 거울의 한쪽에는 주인공인 굴착기 기사와 아들이 있다. 그는 어디에도 정착하지 못하고 온 세상을 떠돌아다닌다. 주인공의 이런 삶 때문에 그의 아들 재구는 제대로 보살핌을 받지 못했다. 주인공은 아들에게 죄의식을 느끼고, 재구는 아버지를 원망하고 아버지에게 반말을 하면서 어머니와의 이혼을 강요한다. 재구가 그에게 이혼도장을 찍으라고 반복적으로 외칠 때, 그 강박적 외침은 재구의 원망감이 얼마나 깊은가를 보여준다.

이런 주인공의 가족 관계가 거울에 비춘 듯이 외딴 시골의 돼지농장에서도 반복된다. 이곳은 주인공이 구제역 방역을 위해 돼지들을 묻을 구덩이를 파고 있는 곳이다. 이 농장에서의 가족 관계는 농장주의 아들인 청년을 중심으로 한다. 청년은 교통사고를 당해 머리를 다쳐서 돼지를 키우는 일 외에는 다른 일을 할 수가 없다. 그런데 그런 돼지들이 유령들에 의해 도살되고 있다. 유령들이란 구제역을 막기 위해 흰 옷을 입고 흰 마스크를 쓰고 일하는 방역꾼들을 말한다. 사실 도살은 유령들의 잘못이 아니다. 이 유령들은 어디로부터 침투하는지 알 수 없는 진짜 유령, 즉 구제역을 대신할 뿐이다. 청년은 돼지들이 정체를 알 수 없는 '그것으로서' 유령에 의해 도살되는 것이라고 생각한다. 청년과 유령의 관계는 곧 아들 재구와 주인공의 관계와 같다.

이런 거울상 구조로 인해 두 가족 관계가 이야기상에서 뒤섞일 수밖에 없다. 청년은 여러 유령들 가운데 특히 주인공인 굴착기 기사(그도 다른 유령들과 마찬가지로 흰 옷을 입고 있다)가 유독 자신을 박해하는 자(또는 '그것으로서' 유령의 현현)라고 간주한다. 주인공 역시 아들 재구에게 하려 했던 화풀이를 그 청년에게 풀어놓는다. 이렇게 거울 대칭 구조를 통하여 본다면 「구덩이」의 중심 대립은 주인공과 돼지농장의 청년, 즉 가해자인 아버지와 피해자인 아들의 관계에 있는 것이다.

가족 관계에서 가해자와 피해자의 관계는 김숨의 다른 단편들에서도 반복되어 나타난다. 예를 들어 「막차」에서는 시어머니인 주인공과 암으로 죽어가는 며느리의 관계가 중심이 된다. 「아무도 돌아오지 않는 밤」의 경우 그 관계는 시아버지의 빌라를 팔아 마련한 돈을 펀드 투자로 날려버린 며느리와 시아버지의 관계로 나타난다.

이런 가족들 사이의 대립 관계는 인물들 자신의 책임

은 아니다. 왜냐하면 이 가족들 사이의 관계는 저항할 수 없는 외부적인 힘을 반영하고 있기 때문이다. 이 외부적인 힘은 「구덩이」에서 보듯이 원인을 알 수 없는 구제역이라는 질병의 힘으로 나타나기도 하며 주인공을 이 사회로부터 뿌리 뽑아버린 사회적인 힘, 정착하지 못하고 떠도는 주인공의 처지로 나타나기도 한다. 이 외부적인 힘은 궁극적으로 이 사회를 도처에서 지배하는 자본주의의 힘으로 귀결될 것이다.

김숨이 그려내는 가족들은 이런 저항할 수 없는 외부적인 힘에 의해서 이 사회의 주변부로 밀려나와 있다. 그들의 삶은 곳곳에 비가 새는 집 같아 난처하기 짝이 없다. 더구나 이 외부적인 힘은 가족 내부로 스며들어 가족들의 관계를 짓누르며 왜곡시키고 파괴한다. 그 결과 가족 관계에서 가해자는 그 스스로 이미 억눌린 자이면서, 그런 억압을 단지 가족 내부에 있는 피해자에게 전가하면서만 자신을 유지할 수 있는 존재이다. 반면 피해자는 외부적 힘뿐만 아니라 가족 내부에서 가해지는 힘에 의해 가중적인 고통을 당한다. 결과적으로 그들은 이 사회에서 현실에 발을 디디지 못하는 자, 곧 뿌리 뽑힌 자가 된다.

흔히 평론가들은 김숨의 소설들이 리얼리즘적인 바탕 위에 서 있다고 말하는 것 같다. 그것은 김숨이 이렇게 사회와 가족 사이에서 이중적으로 뒤틀려 있는 힘들의 관계를 누구보다도 예민하게 포착하고 있다는 뜻이 아닐까 생각한다.

3

거친 일반화이기는 하지만 김숨의 소설에서 사회는 저항할 수 없는 잔인하고도 냉혹한 존재이며 항상 부정적인 가치만을 가진다. 반면 가족은 표면적으로는 가해자와 피해자로 이루어진 관계로 이 사회의 축도지만 그 심층에는 끈끈한 생명력이 웅크리고 있다. 그러므로 김숨에게 가족은 부정적인 가치 못지않게 긍정적인 가치를 지닌다. 이런 점에서 김숨의 소설은 단순히 가족의 현실을 리얼하게 그려내는 것을 넘어선다. 그는 소설을 그려나가면서 가족 내부에 숨어 있는 이런 생명력을 발굴하기 위해 긴장하는 듯하다. 그 때문에 김숨의 소설들을 읽다보면 손에 저절로 땀이 배는 것이다.

이런 생명력은 가족 관계에서 서로 대립하는 인물들을 내적으로 화해시키고 구원하는 힘으로 작용한다. 가족 관계에서 가해자에 해당하는 인물은 항상 죄의식을 느낀다. 결국 그는 스스로 자신의 파멸을 선택한다. 그런 파멸은 마치 오이디푸스가 자신의 눈을 찔러 자신의 죄를 갚는 것과 닮았다. 그가 이처럼 스스로 파멸을 선택하는 것이 곧 그의 구원이다. 반면 피해자에 해당하는 인물은 이중적인 압박 때문에 현실과 단절된 채 자폐적인 세계에 살고 있다. 그는 자폐적인 세계를 넘어서 나오기를 두려워한다. 그럼에도 그에게도 역시 끈끈한 생명력이 존재한다. 그 생명력 때문에 그는 마침내 그를 덮치는 현실에 도전한다. 물론 그의 행동은 패배할 수밖에 없는 도발에 불과하다. 그러나 그가 도발의 능력을 잃지 않았다는 것은 현실의 쪽에서 본다면 위험스럽고 두려운 일이다.

이런 끈끈한 생명력은 「구덩이」에서도 마찬가지로 나타난다. 이 단편 역시 이를 통해 두 사람의 화해를 암시하면서 희미하게나마 구원의 가능성을 열어놓는다. 피해자인 돼지농장의 청년은 주인공의 머리를 장도리로 내리친다. 이 행위는 결코 주인공을 해하려는 의도를 담은 것이 아니다. 청년은 그저 도살당하는 돼지와 자기를 동일시하면서 이런 행위를 통해 내부에서 솟구치는 저항의 의지를 보여준 것일 뿐이다. 그것은 주인공에게서도 마찬가지이다. 주인공은 머리에서 피가 흐르는 것도 잊은 채 끝까지 구덩이를 판다. 구덩이에 들어가서 날 묻으라고 외치는 이 집의 할아버지 머리 위로 주인공이 들어올린 굴착기 바스켓으로부터 우연인 듯 흙이 떨어진다. 그는 이때 "취토요!"(214면)라는 환청을 듣는다. 이 소리는 아마 자신의 죄의식으로부터 흘러나오는 환청일 것이다. 그는 이런 상징적 화해 행위를 통해 자신의 죄를 갚으려 했을 것이다.

4

가족의 생명력은 이처럼 대립적인 두 인물을 화해와 구원 쪽으로 움직여나가도록 하는 데 그치지 않는 훨씬 큰 의미를 지니고 있다. 그러기에 김숨은 가족적인 생명력을 구체적인 인물을 통해 형상화하려 한다. 단편 「구덩이」에서 이미 그런 인물이 형상화되어 있다.

「구덩이」에서 주인공 쪽에서는 그의 부인이(그리고 남씨 역시), 축산농가의 청년 쪽에서는 동남아에서 온 부인이(그리고 할아버지도 역시) 등장한다. 두 부인 또한 서로 거울상을 이룬다. 그들은 공통적으로 가족을 지키는 끈끈한 생명력을 의미한다. 주인공의 부인은 한때 주인공이 눈이 뒤집혀서 이혼도장을 찍으라고 폭력을 썼을 때조차 이를 견딘다. 그의 부인은 아이 때문이라고 하면서 끝내 가족을 지킨다. 반면 청년의 동남아 부인은 이런 수동적 저항을 넘어선다. 그녀는 동남아 부인으로서 이 사회에서는 소외된 존재를 의미한다. 그러나 그런 그녀의 배 속에는 새로운 아이가 자라고 있다.

「구덩이」에서 생명력의 형상화가 주인공과 청년의 대립 뒤에서 희미한 그림자로만 비추어졌다면, 「국수」에서는 생명력의 형상화가 명백하게 주제화되어 등장한다. 만일 「국수」와 같은 작품이 없었다면 김숨의 소설세계는 절망과 고통으로만 가득 찬 세계가 되었을 것이다.

「국수」의 주인공은 화자인 '나'이지만 실상 이 단편이 그려내는 대상은 '나'의 새어머니이다. 새어머니는 아이를 낳지 못해 쫓겨난 여자이다. 주인공의 어머니가 죽은 이후 그녀는 혼인신고도 없이 아버지와 오랜 세월을 같이 살면서 주인공과 그 동생들을 마치 자신이 낳은 아이들인 양 기른다. 국수는 새어머니가 처음 집에 들어왔을 때부터 주인공에게 자주 해주었던 음식이다. 주인공은 새어머니의 삶을 그녀가 마치 손님처럼 마루 한쪽에 옹송그리고 앉아 국수를 빚기 위해 밀가루 반죽을 이겨대던 모습으로 기억한다.

처음에 주인공은 새어머니가 어머니 자리를 차지했다고 생각하여 새어머니를 야박스럽게 대한다. 그러나 주인공은 점차 새어머니가 지닌 끈질긴 생명의 힘을 느끼게 된다. 그래서 주인공은 직장에서 해고당했을 때나 아이를 유산했을 때, 새어머니가 만든 국수를 먹고 싶어한다. 그리고 지금, 주인공은 아이를 낳기 위해 또다시 인공수정 시술을 받으러 가던 중에 불쑥 어머니 집에 들렀다. 새어머니는 혀에 암이 생겨 혀를 잘라내고 싶다고 할 만큼 극심한 고통에 시달리고 있다.

주인공은 서울로 다시 돌아가기 전에 잠들어 있는 새어머니를 위해 국수를 만든다. 국수를 만들면서 주인공은 처음으로 마음을 열고 마음속으로, 독백으로 새어머니와 대화를 나눈다. 이 대화는 주인공이 국수를 꾹꾹 치대는 동작과 맞물려 김숨 소설 특유의 리듬을 타고 흐른다.

국수를 만드는 노동은 새어머니에게서 주인공으로 전승된 것이다. 그것은 곧 새로운 생명을 만들어내는 노동이다. 소금물을 부어가며 치대고 치댄 것, 그것은 밀가루 반죽이 아니라 시간이다. 김숨은 국수를 만드는 노동을 이렇게 묘사하고 있다.

"부르튼 발뒤꿈치 같은 덩어리가 밀크로션을 바른 아이의 얼굴처럼 매끈해질 때까지 이기고 치대야 하는 시간이요."(44면)

5

김숨 소설의 인물들은 외부적인 힘에 의해 압박받으면서 심각한 내면적 혼란을 겪는다. 그 결과 김숨의 소설은 한편으로 리얼리즘을 바탕으로 하면서도 다른 한편으로 모더니즘적인 비현실적인 분위기를 띠게 된다. 이런 두 차원의 중첩이야말로 김숨 소설의 독특한 매력이 아닐까? 미학상 두가지 흐름을 김숨처럼 결합하는 것은 결코 쉬운 일은 아닐 것이다.

김숨의 과거 소설들에서 이런 비현실적인 분위기는 경우에 따라 다르게 나타났었다. 어떤 경우에 그 분위기는 마술적인 것처럼 보였다. 그리고 어떤 경우는 편집증적인 분위기를 지녔다. 예를 들어 『간과 쓸개』(문학과지성사 2011)에 나오는 단편 「룸미러」에서는 일상적이고 평온했던 분위기가 갑자기 위험스럽고 신비한 분위기로 전환된다. 이런 경우 인물들은 현실과 환상이 구분되지 않는 지각적인 혼란에 빠진다. 예를 들어 『노란 개를 버리러』(문학동네 2011)에서는 강박적이고 편집증적인 분위기가 지배적이다. 주인공은 택시 안에 있으면서 영원히 그곳을 벗어나지 못한다.

이번 소설집에서도 두 유형의 분위기가 등장한다. 마술

적인 세계와 같은 분위기는 「막차」의 경우에 분명하게 출현한다. 시어머니인 주인공 '나'는 암으로 죽어가는 며느리에게 죄의식을 느낀다. 그것은 자신의 가난 때문에 며느리가 원하는 만큼 도와주지 못한 데 대해 느끼는 죄의식이다. 그녀는 죽어가는 며느리를 만나러 서울로 가는 고속버스 안에서 지각적인 혼란에 빠진다. 그녀는 차창에 비치는 남편의 옆얼굴과 대화를 나눈다. 하지만 그 남편은 실제로 없을 수도 있으며, 옆을 달리는 고속버스에 타고 있을 수도 있다. 그런데 그 버스에는 아무도 타고 있지 않을 수도 있다. 이 단편의 마지막 장면은 이런 마술적인 분위기로 끝난다.

"누군가 타고 있다던 남편의 말이 불현듯 떠올라 버스 안을 살피는 그녀의 눈가가 바르르 떨렸다. 남편 말대로 누군가 타고 있었기 때문이다. 아무도 타고 있지 않은 줄 알았는데 남편 말대로 누군가…… 고속버스가 유유히 휴게소를 빠져나가 고속도로로 들어서는 것을 그녀는 넋놓고 바라봤다. 고속버스에 홀연히 타고 있던 누군가가 남편과 닮아서였다."(179면)

이런 지각적인 혼란, 즉 현실과 환상의 뒤섞임은 주인공의 죄의식에서 비롯되는 것으로 보인다. 정신분석학의 도움을 빌려 말하자면 이는 물신(物神, fetishism)에서 나타나는 오인(誤認)이라는 정신구조의 특징이다. 이와 같은 오인 구조는 「구덩이」가 거울 대칭 구조를 지니고 있는 이유를 알려준다. 거울의 이쪽과 저쪽 세계, 즉 아들 재구와 돼지농장의 청년은 어느 것이 현실이고 어느 것이 환상인지 구별되지 않는다.

또한 이번 소설집에 실린 작품들은 편집증적인 망상에 시달리는 인물들을 과거 어느 단편보다 더 구체적으로 형상화한다. 이들은 현실로부터 뿌리 뽑혀 자폐적인 세계에 갇히면서 편집증적인 망상에 시달린다. 그들은 이런 망상에서 향락을 느낀다. 김숨은 강박증적으로 반복되는 리드미컬한 문장을 통해 이런 편집증적인 망상을 표현한다. 이런 표현들이 그의 소설에 숨 막히는 아름다움을 부여한다.

6

「아무도 돌아오지 않는 밤」의 주인공은 임신 때문에 집에 갇혀 있다시피 한 상태다. 그녀는 양은들통에 오리 뼈를 고고 있다. 오리 곰국은 그녀가 모시는 노인 즉 시아버지가 줄기차게 먹는 것이다. 그 뼈들은 노인이 어디선가 구해 오는 것이다. 오리 곰국에서 나오는 누리끼리한 기름과 뼈 고는 냄새가 온 집 안을 감싸고 있다. 그녀는 그 속에서 질식할 듯하다. 그녀를 숨 막히게 하는 이 기름과 냄새는 실제라기보다 오히려 편집증적인 망상처럼 보인다. 그것들은 정신분석학적으로 말하자면 현실에 침투한 향락(주이상스)의 한조각이다.

김숨의 다른 단편에서와 마찬가지로 이 단편에서도 주인공을 무너뜨린 것은 역시 현실이다. 그녀는 중풍으로 쓰러진 시아버지를 모시고 있다. 그녀의 남편은 노인이 살던 빌라를 팔아 펀드에 투자했다가 그 돈을 다 날려버렸다. 노인은 아직 그 사실을 모른다. 그래서 노인은 두달 전부터 실버타운에 들어가기 위해 그 돈의 반을 돌려달라고 요구하고 있다. 주인공은 남편의 늦은 귀가가 노인을 피하기 위한 것이라고 생각한다.

주인공에게는 머지않아 아이가 태어난다. 그녀는 새로 태어나는 아이를 위해 노인이 기거하는 방을 원한다. 그녀는 그 방의 벽지를 파란색으로 칠하는 것을 꿈꾸고 있다. 그러기 위해서는 노인을 실버타운으로 보내 이 방을 비워야 한다. 그러나 그녀는 노인에게 돌려줄 돈을 구할 수 없다. 그녀는 노인이 자기에게 돈을 돌려달라고 할까봐 두려워한다.

이런 두려움 때문에 무너진 그녀를 이제 편집증적 망

상이 사로잡는다. 그녀의 망상 속에서 노인은 그녀를 지켜보는 초자아가 된다. 언제부터인가 그녀는 자신을 빤히 응시하는 노인의 눈을 본다. 국물을 뜨는 국자에서도 그녀를 응시하는 노인의 눈을 본다. 그녀는 노인이 모든 것을 심지어 자신이 노인을 증오한다는 것까지 다 알고 있으면서도 모른 체한다고 생각한다.

「아무도 돌아오지 않는 밤」은 주인공의 의식의 흐름을 따라가면서 기억과 현실을 교차적으로 축조한다. 노인은 저녁 식사를 마치고 산책을 나간다. 노인의 산책은 보통 한시간 정도 걸리지만 그날 노인은 밤이 깊도록 돌아오지 않는다. 저녁 여덟시면 돌아온다고 했던 그녀의 남편 역시 돌아오지 않는다. 그녀는 그들을 기다리면서 더욱더 편집증적인 망상 속으로 빠져든다.

이제 주인공이 서술하는 것 가운데 어느 것이 현실이고 어느 것이 망상인지 구별되지 않는다. 김숨은 일부러 그 구분을 모호하게 하는 것처럼 보인다. 그 가운데 가장 모호한 것은 한달쯤 전부터 거실 벽에 보란 듯이 걸린 노인의 영정사진이다. 그것은 그녀의 망상 속 초자아의 또다른 표현인가? 사실 주인공은 스스로 그렇게 해석하고 있다. 아니면 실제로 노인은 죽었고, 그래서 영정사진이 걸렸고, 그녀는 지금 노인이 살아 있다는 망상에 빠진 것일 수도 있겠다.

이런 망상은 302호 여자와의 관계에서도 나타난다. 노인은 산책을 나가면서 그녀에게 302호 여자가 삼십만원을 돌려줄 것이라고 말했다. 그녀는 그 돈을 꼭 받아야 하겠다고 생각하지만 노인이 무슨 돈이 있어서 302호 여자에게 돈을 빌려주었는지는 확신하지 못한다. 그런데 정말 노인이 돈을 빌려준 것일까? 노인이 정말 그런 말을 했을까? 아니면 이것 역시 그녀의 망상 중의 하나일까? 심지어 이 단편에서 302호 여자는 전혀 나타나지 않는다. 그러므로 실제로 그런 여자가 있는지 없는지도 독자들은 알수가 없다.

7

「아무도 돌아오지 않는 밤」이 놀라운 것은 이렇게 편집증적인 망상을 즐기고 있는 주인공의 모습이 아니다. 이작품이 정말 놀라운 것은 주인공이 이런 망상을 벗어나려고 시도한다는 점이다. 김숨은 이런 시도를 통해 아주 희미한 희망을 보여주려 하는 것 같다. 그 희망은 아마도 김숨이 추구하는 것, 즉 가족의 끈끈한 생명력에 바탕을 두는 것이 아닐까 생각한다.

이 단편의 마지막에서 주인공은 극적인 전환을 맞는다. 마지막 장면은 이렇다. 열두시가 넘어 잠시 잠들었다 깨어난 주인공은 들통 속 오리 뼈 국물이 바닥까지 졸아들도록 가스 불을 올린다. 뼈들이 악다구니하며 타는 가운데, 그녀는 환풍기를 틀고 냄새를 쫓아 보낸다. 그리고 그녀는 밖으로 나간다. 이 장면은 이렇게 서술되어 있다.

"그녀는 노인의 영정사진에 눈길을 주었다, 현관문 쪽으로 걸어갔다. 빌라 계단을 내려가 골목으로 들어섰다. 골목에서 길을 잃었을지 모를 노인을 찾아 집에 돌아왔을 때, 남편도, 노인이 거짓으로 지어낸 그래서 이 세상 어디에도 없는 302호 여자도, 앞 빌라 사람들도 돌아와 있기를 바라며."(146면)

이런 결말은 분명 무언가 희망적인 느낌을 준다. 이런 극적인 전환이 어떻게 일어난 것인가? 김숨은 그런 전환의 계기들을 분명하게 서술하기를 거부하는 것으로 보인다. 그런 계기를 파악하는 것은 마땅히 독자가 해야 할 일이라고 생각하는 듯하다. 필자의 어림짐작으로 이런 전환에 이르는 계기를 찾아보면 다음과 같다.

① 열시가 되어도 노인과 남편이 돌아오지 않자 그녀는

노인의 방에 들어가본다. 그녀는 노인의 점퍼가 걸쳐져 있는 못에 걸린 모자 밑에 노인이 숨어 있는 것처럼 생각한다. 모자를 벗기며 그녀는 비명을 지르지만, 그곳에서는 못대가리만 발견된다.

②그녀는 다시 빌라 입구로 나가서 목을 빼고 골목길을 바라본다. 어느 집 대문에 장롱이 내버려져 있어 거기에 노인이 숨어 있을 것으로 생각하며 그 장롱 문을 열어본다. 이제 그녀는 그녀 자신이 그 속에 들어가 웅크린 채 잠들고 싶어한다.

③그녀는 다시 노인의 방에 돌아온다. 그리고 장롱 문을 열어본다. 거기에는 노인이 주워 오는 고물이 가득 차 있어야 하지만 이제는 텅 비어 있다.

④그녀는 노인이 베껴쓰던 성경의 글자를 덧대어 베껴 쓴다. 볼펜에서 잉크가 흘러나와서 모든 것을 삼키는 웅덩이가 된다.

이 가운데 앞의 세가지 계기들은 모두 '열다'라는 동사와 관련된다. 주인공은 모자와 대문 밖 장롱, 노인의 방 장롱 속에 무언가가 숨어 있다는 망상을 가지고 있다. 그 때문에 그녀는 열기도 전에 미리 놀란다. 그러기에 그 문을 열어보는 행위는 편집증적 망상에 시달리는 주인공에게

엄청난 결단이라 하지 않을 수 없다. 결국 주인공은 그 속에 아무것도 없다는 것을 발견한다. 이런 진실과의 용기 있는 대면이 망상을 넘어서는 가능성을 보여주는 것이 아닐까?

그러나 더욱 결정적인 것은 마지막 네번째 계기이다. 노인의 삶 역시 그녀와 마찬가지로 뿌리 뽑힌 삶이다. 노인은 그 삶을 성경을 베끼는 일로 견디고 있다. 성경의 내용은 전혀 중요하지 않다. 오직 베낀다는 단순 반복적 행위가 끈질긴 삶의 투쟁을, 단지 존재하기 위한 힘든 투쟁을 보여준다. 그녀 역시 노인의 베끼는 행위를 반복한다. 볼펜을 꾹꾹 눌러서 검은 잉크가 빠져나와 모든 글자들을 삼키도록 말이다.

글자를 삼킨다는 행위는 어쩌면 편집증적 환자의 파국을 의미할지도 모른다. 이제부터는 검은 자폐증의 세계이다. 그러나 이 소설에서 글자를 삼킨다는 것은 반대의 의미를 가질 수도 있겠다. 검은 잉크가 삼키는 것은 그녀의 망상이다. 그녀는 그 속에 아무것도 없다는 것을 깨닫게 된 것이다.

8

김숨의 소설들이 마침내 찾아들어온 세계가 바로 뿌리 뽑힌 자들의 자폐적인 세계이다. 그가 여기서 멈추었다면 그의 소설들은 춥고 비 오는 어느 날 저녁 우리의 고통을 위로하는 만가(輓歌)에 그칠지도 모른다. 그러나 김숨은 이런 자폐적인 세계를 열어젖히기 위해 소설을 쓰는 것으로 보인다. 김숨은 우리보다 먼저 그 문을 열어젖힌다. 김숨의 소설은 뿌리 뽑힌 자들이 문을 열기 직전에 스스로 외치는 비명이다.

李秉昌 | 철학자

묵은해의 마지막 날과 새해의 첫날에 그들을 만나러 갔다. 그 밤의 경숙, 마루 한쪽에서 국수 반죽을 빚던 그녀, 골목에서 주운 성경 속 족보를 필사하던 노인, 오리 뼈고는 냄새가 진동하는 여름밤 누구든 돌아오기를 기다리던 그녀, 그리고 어머니를 모시고 옥천을 찾아가던 정숙과 애숙, 그녀, 그…… 수년 전 어느 낮의 시간에 혹은 어느 밤의 시간에 혹은 낮도 밤도 아닌 시간에 박제돼 고정불변의 지리멸렬한 일상을 반복하는 그들 앞에서, 나는 아이처럼 울먹였다. 수년 전 그들을 생생히 만났을 때보다 그들의 인생이 더 깊이 들여다보여서였다. 그들의 슬픔도, 불안도, 고통도……

내 뒤늦은 울먹임이 그들을 위안하는 기도가 되기를 바라는 심정으로 『국수』를 다시 펴낸다.

초판을 낼 때는 눈에 들어오지 않았던, 이병창 선생님의 발문 제목 '뿌리 뽑힌 자들의 비명'을 읽고 그것이 어떤 예견이었음을 깨닫고 놀랐다. 이병창 선생님께 새삼 감사를 올린다. 팔년 전 묶어 펴낸 소설들을 다시 들여다보며 그들과 재회할 시간을 주신 박지영 선생님께도 특별한 감사를 전한다.

　　뒤돌아보는 시간을 보냈으니, 나는 다시 앞을 응시하며 나로부터 좀 멀리 떠났다 돌아와야겠다.

2022년 1월
김숨

사오년도 더 전 '국수'라는 제목의 소설을 쓰고 발표할 수 있어서 기뻤습니다.

'국수'라는 제목의 소설집을 펴낼 수 있어서 기쁩니다.

마흔이라는 오묘한 나이를 소설을 쓰면서 건너갈 수 있어서 다행이라는 생각이 듭니다. 감사하다는 생각도 듭니다. 다행과 감사는 제게 실과 바늘처럼 한묶음이나 마찬가지입니다.

제 의도도 있지만, 제 의도를 넘어서는 그 어떤…… 흐름이라고밖에 설명할 길 없는 그 무엇인가가 저를, 지금 제가 앉아 있는, 이 의자 위에 데려다놓은 것은 아닌가 하는 생각이 듭니다.

날이 밝아오고 있습니다.

새벽이 간직한 신비를 깨달은 것은 마흔이 되어서입니다.

자명하지만, 그 신비를 제대로 모르던 것들을 하나하나 알아가고 싶습니다.

한편의 소설을 쓰는 동안에도, 그 흐름이라고밖에 설명할 길 없는 그 무엇인가를 느낍니다.

제 의지대로 소설이 쓰이고 제 인생이 전개되었다면, 기쁨과 감사를 몰랐을 것입니다.

요즘은 틈틈이 얼굴에 대해 생각합니다. 얼굴에 대한 소설을 쓰기 시작했기 때문일 것입니다.

성실하게, 한결같이.

오래 실어증에 걸렸다, 말을 새로 배우는 사람처럼 중얼거려봅니다.

소설집을 내는 데 정성을 모아주신 이병창 선생님께, 장승리 시인께, 강경석 선생님께, 이상술 선생님께, 윤자영 선생님께 감사를 전합니다.

2013년 12월에
김숨 올림

오래전부터 김숨의 얼굴을 좋아했다. 일면식도 없는 사진 속 그녀의 얼굴을 가끔씩 들여다보고 있곤 했을 정도다. 그녀의 표정은 우회로를 생각나게 한다. 어쩌면 김숨의 소설은 표정이라는 사건에 대한 기록일지도 모른다. 아니, 어떻게 표정 하나도 사건이 될 수 있는지 그녀의 소설은 보여준다. 이 사건은 사람을 넘는 법이 없다. 종결되는 법도 없다. 그것은 바닥에 닿지 못하고 떠도는 눈물의 수심 같은 것일까. 아니, 떠도는 게 아니라 더 도는 것일지도. 결국, 멀리 돌아서 가는 길은 핵심으로 가는 지름길이 아니라 그 여정 자체가 핵심이라고 그녀의 소설은 말하고 있는지도 모른다. 나지막하게 그만큼 집요하게.

장승리 | 시인

| 수록작품 발표지면 |

그 밤의 경숙 ……『한국문학』 2011년 겨울호

국수 ……『대산문화』 2011년 여름호

옥천 가는 날 ……『창작과비평』 2011년 가을호

아무도 돌아오지 않는 밤 ……『아시아』 2010년 가을호

막차 ……『현대문학』 2010년 5월호

구덩이……『문학사상』 2011년 7월호